LIBERTINE

Sophie Fabre

LIBERTINE

ROMAN

MERCVRE DE FRANCE

Au téléphone il me dit :

— Viens vite !

C'est bref. J'ai le choix, personne ne m'oblige.

« Pourquoi est-ce que j'irais ? » Cette question, je me la pose l'espace de quelques secondes. J'ouvre la bouche pour répliquer : « Je n'ai pas pour habitude d'obéir ! »

Mais j'entends mes paroles retentir dans le combiné :

— J'arrive !

Je ne le connais quasiment pas. Je l'ai croisé une première fois chez des amis communs. Il était absorbé par la lecture d'une lettre et m'a à peine saluée.

La seconde fois, il a levé les yeux sur moi et je me suis sentie nue comme si je sortais de ma douche.

Je cherche déjà un prétexte, une bonne raison de quitter mon domicile et prendre le train pour Paris. Inutile !

Mon mari, occupé par la prochaine campagne municipale, est ravi de mon départ pour quelques jours. Il me souhaite distraitement :

— Bon voyage !

Il est à ce point absorbé qu'il a presque oublié mon existence. Nos rencontres se limitent à un café pour le petit déjeuner, un chaste baiser sur le front lorsqu'il ne rentre pas trop tard et son sempiternel : « Tout ce travail ! Je suis crevé ! »

Je ne me suis jamais demandé si c'était la vérité ou s'il inventait des fables pour me rassurer et rejoindre une maîtresse.

Cela aussi m'est égal !

Je n'ai bourgeoisement plus besoin de rien et m'apprête à couler une existence douce et paisible dans notre magnifique appartement.

Je n'ai jamais été vraiment attirée par le sexe. Comme tout le monde, j'ai eu mes petites expériences plutôt décevantes, jusqu'à mon mariage. Depuis, pas d'incartades, pas de failles. J'ai déjà assez de difficultés à assouvir les pulsions pourtant rares de mon mari… s'il fallait en plus me préoccuper de celles d'un autre homme…

Depuis quelques années, tous les prétextes sont bons pour me tenir éloignée de sa couche et ses ronflements ont définitivement mis une cloison entre nous.

Guy m'a regardée et j'ai cédé !

Je n'ai plus qu'une envie, celle de le rejoindre. Cette idée me tourmente, je ne veux pas ressembler à certaines de mes amies, trop vulnérables dans les bras de leur amant. Elles se lamentent devant leur téléphone et deviennent des furies s'ils s'affichent avec d'autres femmes, ne serait-ce que leur propre épouse !

Elles guettent le plombier musclé et se gavent de pizza parce que l'Italien qui les fabrique a une beauté pompéienne.

Au téléphone, Guy m'a murmuré :

— Viens vite !

Et j'oublie tout.

Il m'a donné l'adresse de son bureau. Il m'y attend. Une petite rue près de Beaubourg, une de ces vieilles maisons échappées aux promoteurs des années soixante-dix, avec une cour pavée et un escalier en bois.

L'immeuble est désert à cette heure tardive. Au second étage, une affichette m'indique que je suis devant la bonne porte. Elle est entrouverte et, tandis que je la pousse, je découvre un décor moderne, détonnant avec le parquet de chêne.

Je suis inquiète, je doute. Je crains de m'être trompée, je ne parviens plus à me souvenir précisément de son visage, je ne sais plus pourquoi je suis ici et j'ai envie de rebrousser chemin, de descendre en courant les escaliers et m'enfuir loin de ce quartier.

Je maîtrise mon angoisse et avance jusqu'à la seule pièce subtilement éclairée. Je traverse un bureau peuplé de silhouettes de photocopieurs et d'ordinateurs.

Il est assis sur un large canapé de cuir devant une fenêtre ouverte sur le parvis de Beaubourg. Il a sa main droite posée contre sa joue et me regarde approcher en souriant.

Vêtu d'un costume noir et d'une chemise blanche, tout en lui respire le luxe. Pas ce côté commercial en goguette qu'ont souvent les hommes en costume, mais une véritable élégance. Le prix probablement élevé de ses vêtements est un atout, mais c'est sa pose, ses gestes qui sont rares.

Un regard, et je suis de nouveau sous le charme. Ce qui m'a séduite le premier jour où je l'ai entrevu me revient en mémoire. C'est une évidence et je ne comprends pas comment j'ai pu l'oublier, ne serait-ce que quelques secondes.

Mon amie chez qui je l'ai rencontré me l'a expliqué :

— Guy ? Toutes les femmes en sont amoureuses !

— C'est l'homme le plus élégant de Paris ! a ajouté son mari.

Guy n'a pas bougé. Il a seulement posé ses yeux sur ma poitrine, mes jambes, et de nouveau j'ai cette sensation d'être nue. Une chaleur se diffuse en moi, comme dans un sauna. Je sens une moiteur naître à la racine des cheveux et descendre le long de la colonne vertébrale.

Je ne connais pas ces émotions ; mes émois devant un mâle se sont limités à la gloire de l'avoir conquis, et encore, cela remonte à mes années de lycée lorsque nous nous disputions les faveurs du plus coté de la classe.

Je suis debout à l'entrée de la pièce, et mon esprit travaille comme le disque dur d'un ordinateur. Les questions fusent sans réponses. Je n'ai pas l'habitude et ne sais pas ce que je dois faire.

« Comment me trouve-t-il ? Va-t-il me déshabiller ? Je me déshabille ? J'attends qu'il parle ? »

De nouveau l'envie de rebrousser chemin s'empare de moi et j'amorce sans doute un geste de fuite car il me sourit et me persuade :

— Approche-toi, viens dans la lumière !

Il se redresse. J'évite les faux pas, être ridicule, ne pas savoir… Dieu que je suis intimidée !

— Allons dîner !

Dans le noir, nous redescendons l'escalier, il me tend la main pour franchir les derniers mètres. Nous bavardons comme de vieux copains. Et beaucoup plus à l'aise, nous arrivons au restaurant.

Imagination ! Sacrée imagination galopante ! Je me perds dans des songes compliqués, des désirs étranges dont je n'ai pas l'habitude.

Je regarde Guy à la dérobée.

Ce n'est plus un gamin et ses cheveux bruns s'ornent de fils blancs. Juste assez pour me sentir jeune, très jeune, presque une enfant docile.

Un drôle de sentiment équivoque ; à la fois celui ressenti pour un père, un désir de le satisfaire et de le rendre fier, et celui plus complexe de me coller à lui, de le caresser.

Je n'ai jamais eu d'amant. Depuis mon mariage, je coule une vie paisible de provinciale et mon désir de sexualité s'estompe et disparaît. Lorsque mon mari m'approche, je me recroqueville dans mon lit, paraît dormir, invoque des maladies… je n'ai plus envie !

Je ne suis pas sûre d'avoir un jour vraiment eu envie ! Au début peut-être ? À force de films et de lectures, je m'imaginais un monde inexistant et confondais sentiments et sexualité.

J'avais dix-huit ans, lorsque j'ai rencontré Pierrot. Un musicien fauché qui siégeait dans un café du cinquième arrondissement. Ses copains de bar étaient tous bohèmes et fauchés. Il me plaisait parce qu'il jouait du saxophone et était beau parleur.

Un soir, je l'ai suivi dans sa chambre. Il habitait à Barbès un meublé sordide et puant. Il m'a fait l'amour à ce qu'il paraît ! Lui était très satisfait, moi, à part une vague douleur, je n'ai rien senti. C'était la première fois et il a bradé ma virginité sans même s'en rendre compte. J'étais bien trop honteuse pour lui en parler.

Il était pressé et ses caresses avaient été hâtives et machinales. Je suis partie de chez lui écœurée et triste.

Le restaurant en face de Beaubourg, au premier étage d'un immeuble ancien, est tenu par un couple d'homosexuels. La lumière est douce et les murs ornés de photos d'hommes dénudés. Je m'attarde pour regarder ces corps alanguis quand Guy me tire par le bras et me murmure :

— Je t'emmènerai dans un endroit où ils se déshabillent ! Tu aimeras !

Nous sommes presque seuls au premier étage. Je pose trop de questions et je m'en rends compte. Guy de temps en temps me regarde avec des yeux si sombres que je ne vois plus la pupille. Il me questionne :

— Depuis quand me désires-tu ?

Je ne sais pas si je le « désire » vraiment. Je ne connais pas le sens réel de ce mot et préfère ne pas le lui révéler.

— Depuis... que je t'ai vu !

— Et cela t'arrive souvent de te jeter dans les bras d'un inconnu ?

Mon cœur s'affole. Je ne sais pas être sincère, un petit diable me souffle de ne pas paraître naïve :

— Parfois ! Cela dépend des hommes !

Il me décrit à son tour sa première impression en me rencontrant.

C'est sans doute le même discours pour toutes ses conquêtes mais je l'oublie et l'écoute avidement.

Il me susurre :

— Quand une femme telle que toi entre dans la vie d'un homme, il est impossible de l'oublier.... Tu es belle... J'aime ta peau...

C'est agréable à entendre. Personne ne m'a jamais parlé ainsi. Le petit diable me grince : « Tu ne peux pas être amoureuse de lui ! C'est un libertin !

— Ça m'est égal ! Fiche-moi la paix ! »

Je suis déjà prête à me plier à ses désirs et ne veux pas le décevoir.

— Dégrafe ton corsage, me demande-t-il.

Je ne regarde pas autour de moi, je me concentre sur ses yeux et lentement, bouton par bouton, ma veste fleurie s'ouvre jusqu'à découvrir mon soutien-gorge. Je pense à ma peau hâlée par les premiers rayons du soleil sur les bords de la Méditerranée et à la dentelle blanche enserrant mes seins.

— Encore un peu, jusqu'au dernier bouton ! me souffle-t-il.

Un homme, un habitué des lieux, fume une cigarette en m'examinant. Faussement gênée, je guette dans les yeux de Guy une réaction. Il a plaisir à me savoir observée par ce type.

Curieusement j'oublie les convenances et ce regard singulier me comble. Une curieuse fierté d'appartenir déjà à Guy et désirée par d'autres.

— Déchausse-toi !

Ma jambe remonte le long de la sienne, sa main attrape mon pied, le caresse un moment puis le pose entre ses cuisses contre son sexe. Je le sens battre à travers l'étoffe du pantalon.

Je l'effleure légèrement. Guy soupire et ferme les yeux. Mon pied descend, regrimpe, suit le relief de sa verge, la découvrant chaque instant plus présente. Il entrouvre ses yeux, contemple mes seins. Il est paisible, seule sa respiration a imperceptiblement changé et laisse deviner son trouble.

Soudain, il saisit de nouveau mon pied et le maintient fermement contre sa queue. J'appuie fort, jusqu'à la limite de la douleur. Il gémit de satisfaction.

La table n'a pas de nappe et le serveur, posté près de l'entrée, nous contemple attentivement. Je crois un instant qu'il va intervenir, exiger de cesser immédiatement ce jeu, mais, comme le client, il apprécie le spectacle.

Naïve, je n'ai pas encore compris que Guy a tout organisé, minuté ; le cheminement vers la jouissance est un long et ludique parcours.

Je frissonne d'une insolite agitation intérieure. Entre mes jambes une humidité inhabituelle me perturbe. J'ai envie de me lever, de contourner la table et de m'empaler sur sa verge sans attendre. Mon agitation me surprend. Où est la calme Sophie ? L'imperturbable Sophie ?

Je serre les cuisses, consciente que ce n'est pas ce que Guy souhaite. Il me faut apprendre plus de sophistication et de perversité.

Je me contente de croiser mes jambes pour sentir mon clitoris frotter contre la soierie de ma culotte. Cela ne me satisfait pas, mais m'aide à patienter.

Guy se lève et m'attrape par le bras. Il me guide jusqu'à un coin cosy du restaurant. Nous nous vautrons dans des fauteuils club face à Beaubourg illuminé. Le serveur nous apporte un café, l'air est parfumé au santal. Je murmure extasiée :

— C'est si beau !

Il saisit ma main et la glisse dans son pantalon dégrafé.

— Caresse-moi !

La sienne déjà s'aventure sous ma courte jupe et se faufile entre mes cuisses entrouvertes.

Je pose mes doigts près de son pénis, joue un moment à doucement papillonner dessus.

— Appuie, appuie fort !

Mes doigts se referment autour de sa verge : elle est dure et large pour ma main. Il m'embrasse le cou, me mordille le lobe de l'oreille. Il m'agrippe un sein et le malaxe si fort que je souffle de douleur. Il sourit et me pince le téton avec tant de vigueur qu'un petit cri s'échappe de ma gorge. J'ai mal, mais c'est bon ! C'est la première fois que mes seins me donnent du plaisir…

Le serveur et le client nous observent toujours. Leurs regards braqués m'excitent encore davantage. J'ai envie qu'ils s'approchent pour que Guy leur explique :

« C'est moi qui vais la pénétrer et c'est moi qui vais jouir dans son ventre... »

Guy se lève, décidé à partir. Je suis un peu déçue, si excitée et pas assouvie.

— Guy...

— Oui ?

— Non ! Rien !

Je n'ose pas lui demander de me pincer encore ou de me mordre les tétons.

Nous allons sûrement prendre un taxi et aller chez lui ou dans un hôtel terminer ce que nous avions si bien commencé.

Entre mes cuisses bat un cœur, et profitant des escaliers, pendant que Guy ne me voit pas, j'y porte ma main et introduit juste un doigt pour m'apaiser. J'aperçois alors son regard noir m'observant dans le tain d'un miroir. Je suis gênée, prise en faute, comme si je n'avais plus le droit de toucher mon corps là où je le désire.

La nuit est froide. Le printemps à Paris est en retard. Guy me propose de marcher.

— Es-tu prête à jouer ? me demande-t-il ?

Je ne lui réponds pas, ne sachant pas ce que signifie le mot « jouer » dans sa bouche. J'appréhende des situations scabreuses ou répugnantes. Je suis une analphabète de la sexualité, une ignorante de tant de gestes, de positions... Je crains de ne pas être à la hauteur.

Incapable de suivre le jeu, vous allez tout droit à la case prison et vous y restez !

Guy perçoit une hésitation, s'arrête et prend mon visage entre ses mains :

— J'en ai tant envie... ! Ne t'inquiète pas, je t'apprendrai !

J'ai l'impression d'être maîtresse de son plaisir, de décider de sa jouissance. Fière de ce sentiment, je lui réponds :

— O.K., jouons !

Je n'ai plus le désir de m'échapper, de biaiser. Docile, j'accepte d'avance et avec satisfaction tout ce qu'il exigera !

Nous descendons dans la station de métro la plus proche. Nous sommes presque seul sur le quai. En face, un jeune Black attend.

— Tu vas jouer avec lui ! commande Guy.

— Lui ? Mais comment…

— Ne cherche pas à comprendre. C'est une sorte d'épreuve pour me donner le désir de continuer plus loin avec toi !

Je suis incrédule. Il n'est pas imaginable que cet homme en face soit là, à cette heure, pour moi et pour les caprices de Guy… !

Il lui adresse un signe et le jeune Black nous rejoint de ce côté-ci du quai. Je suis médusée et admirative.

Le Noir ne dit rien. Il affiche un air blasé et me jette un regard vide. Guy me prend par le bras et nous grimpons dans une rame. À la station suivante, nous descendons tous les trois. C'est une gare toute de cuivre boulonnée, ressemblant au sous-marin du capitaine Nemo. Des escaliers conduisent à la sortie « rue des Vertus », la bien nommée !

Il n'y a personne et le son de la rame s'éloignant se répercute dans le tunnel. Guy m'ordonne :

— Touche-le !

Je m'approche du jeune Noir, intimidée mais essayant de ne pas le paraître. Guy l'a bien choisi : il est beau, un jeans moule la protubérance de son sexe.

Il arbore toujours cet air détaché de tout mais il bande. Je le caresse sans satisfaction, Guy m'examine attentivement, se colle contre moi et dirige ma main laissée libre sur sa propre verge. Mes doigts montent et descendent le long des deux queues.

Guy n'est pas concentré, il écoute les rames de métro. L'une d'elles vient d'entrer en gare et déjà des voyageurs envahissent le quai et viennent nous troubler. Guy s'adresse à l'homme :

— Caresse-lui les seins ! Plus fort, elle aime ça !

Sa main est froide et ses attouchements distants. Guy le remarque :

— Pas comme ça !

À son tour, il me triture la pointe d'un sein jusqu'à me faire de nouveau gémir. Je me plie en deux pour ne pas crier et des larmes pointent dans mes yeux.

D'un signe il enjoint au Black de s'en aller et nous remontons à l'air libre, station Vertus.

J'attends la suite. Je contemple Guy et songe à mon mari : à cette heure, il doit ronfler paisiblement. Parfois, lorsque je suis à ses côtés dans notre lit conjugal, je rêve d'histoires analogues, de rencontres impossibles qui me laissent un manque cruel et trempe mes draps.

Guy marche vivement. Il sait où il va et moi, je trottine, vaguement inquiète.

Dans une rue, il me désigne une porte.

— Tu vas voir ! Ne dis rien et laisse faire !

Il sonne, donne un faux nom à la femme chargée de l'accueil : une blonde décolorée vêtue d'une courte robe noire moulant sa poitrine. Elle est vulgaire et son maquillage excessif accentue son âge. Nous laissons sacs et manteaux et descendons un escalier raide :

— Aux enfers ! me murmure Guy à l'oreille.

Sur le mur des affichettes préconisent l'usage du préservatif, d'autres stipulent qu'une tenue correcte est exigée à l'entrée.

En bas, quelques couples se trémoussent au centre d'une minuscule piste de danse. Une boule argentée tourne au rythme de la musique et des spots de couleur s'allument par intermittence.

Comme dans un mauvais film, une fille exhibe des porte-jarretelles verts. Elle a des fesses plates et une poitrine insignifiante moulée dans une guêpière vert et noir.

Guy me commande :

— Va aux toilettes ôter tes collants !

À mon retour il m'explique :

— Je déteste les collants, je ne veux plus que tu en portes en ma présence.

Il me fait grimper devant lui sur un tabouret de bar et me baise les cuisses maintenant nues en remontant ma jupe jusqu'à mon slip de dentelle. Je ne m'occupe plus de rien ni de personne, attentive uniquement à lui.

Il me dit :

— Tu as remarqué, je ne t'ai pas encore embrassé ! Ça te plaît ?

— Je ne sais pas ! Parfois je n'aime pas...

— Tu n'aimes pas ?

Je me tais, gênée, consciente d'avoir dit une bêtise. Il insiste :

— Vraiment ?

— Je déteste ceux qui m'enfournent une langue goulue au fond de la gorge dès les premières minutes ! Et qui reniflent en plus !

— Tu connais ce genre d'individu ?

— Non ! Pas nécessairement !

Il mord mes lèvres, ma langue, ses baisers sont à la fois douceur et violence. Je respire son souffle, son parfum de luxe, sa joue sur laquelle la barbe de la journée commence à légèrement piquer…

Il prend ma main et m'entraîne à sa suite dans un petit couloir. En passant devant un grand miroir, je découvre mes cheveux que je porte souvent attachés en une longue tresse, dénoués. J'y observe aussi une femme en tailleur ouvert sur sa poitrine et aux yeux brillants.

C'est moi sans être moi ! Pour une fois, je parviens à me surprendre avec le regard que me jettent les hommes. Je me souris !

Je suppose que Guy désire m'emmener dans une chambre. Étonnée, je découvre des alcôves agrémentées de matelas et de coussins rouge sombre. Il y fait quasiment nuit et un effluve d'essence de géranium masque les odeurs de stupre qui flottent là, comme dans un antique bordel.

Mes yeux s'habituent à l'obscurité. Des couples sont enlacés. Une fille s'approche de moi. Elle me caresse la poitrine et Guy observe ses gestes. Je reste timidement blottie contre lui. Il passe son pouce le long de la colonne vertébrale de la fille et de l'autre bras me tient solidement par les épaules comme s'il craignait que je m'enfuie !

Une main inconnue se glisse entre mes jambes, s'insinue sous mon slip et va et vient sur mon sexe. Elle est froide et j'aime ça. Un doigt plus curieux me pénètre doucement, puis la main disparaît comme elle était venue. Je ne me suis pas retournée pour voir le visage de son propriétaire. Plus tard Guy m'a avoué :

— Il était beau, c'est pour cela que je l'ai laissé faire !

Je n'en suis pas si sûre…

La fille veut m'entraîner sur un lit. Guy refuse. J'ai envie de rire. Il me guide jusque dans une autre pièce, m'allonge sur le dos, enlève mon slip qu'il glisse dans sa poche.

— Je préfère que tu ne portes plus ce genre de vêtements. Je t'aime nue sous tes jupes !

Sa bouche s'empare de mon sexe, le lèche, le mord. Je gémis. Je souhaite sa verge en moi. La main d'un homme ou d'une femme, je ne saurais dire, empoigne un de mes seins.

Guy la repousse. Il me veut pour lui tout seul. Autour de nous, plusieurs personnes observent. J'entrevois un homme se masturbant. Une femme se penche sur lui et attrape sa queue dans sa bouche.

Guy me relève et m'attire dans un coin plus sombre, plus discret. Je défais sa ceinture et dégrafe les boutons de son pantalon. Sous un boxer de lycra moulant, sa verge pointe. Je la découvre sous son habit de cachemire et soie. Ma main l'agrippe, caresse son gland.

J'aime sentir le sexe d'un homme devenir de plus en plus imposant, gonfler entre mes doigts, s'échapper comme un animal sauvage pour des contrées plus intimes.

Guy murmure à mon oreille :

— Où as-tu appris à faire ça ? À gâter si bien les hommes ? Où ? Dans les livres ? Dis-le-moi !

Je ne réponds pas.

Posément il retire sa veste. Il sait être élégant en toutes circonstances !

Il s'allonge sur moi et écarte mes jambes. Je guide son membre en moi. Je ferme les yeux pour oublier les autres, ne pas être distraite : moment subtil et incomparable lorsque la queue d'un homme désiré me pénètre…

L'instant m'arrache un gémissement. Son corps grand et

fort frappe contre mes cuisses. Il relève mes jambes sur ses épaules, je me plie, souple et docile. Il accélère, ralentit, reprend, me fait languir. Il désire retenir le plaisir. Moi, je ne sais plus ce que je veux !

Je suis apathique, écrasée par ce corps d'homme, épinglée sur ce lit.

Seul mon bassin avance pour lui permettre de s'enfoncer plus loin. Guy est trop lourd, je ne peux plus bouger. Une envie d'arrêter le temps et de le précipiter.

Guy reprend, ses yeux me fixent, sa bouche se tord. Rien n'est plus fabuleux que la jouissance inouïe lue dans le regard d'un homme. Le plaisir me prend collée à son bassin, sa queue au plus profond de mon ventre. Il tombe sur moi en gémissant. Longtemps son sexe éjacule et frétille en moi.

Nous retournons nous asseoir près de la piste de danse.

Presque tous les couples ont disparu dans les alcôves. Soudain, Guy prend ma tête et la pose sur son pantalon dégrafé. Je trouve sa verge fatiguée et ma bouche l'engloutit. La musique est lente, langoureuse. En mesure ma langue suit son gland, le contourne, s'y attarde. C'est bon, calme et doux comme le repos.

Le morceau de musique fini, Guy me repousse et m'entraîne de nouveau dans les alcôves. Il me laisse observer les duos, les trios s'activant savamment.

C'est curieux, j'ai une impression de scènes banales et cela ne m'excite pas du tout. Quelques filles sont belles, mais des hommes si laids ne m'inspirent pas. Ils ont la raideur et la gaucherie de représentants de commerce nus vantant un aspirateur.

Guy me propose de partir. Je me rajuste. Le miroir me renvoie une ultime image : des cernes mangent ma figure et il n'y a plus de traces de maquillage sur mes lèvres.

Dehors, il hèle un taxi pour me raccompagner.

— J'espère que la voiture sera grande et confortable !

— Pourquoi ?

— D'abord parce que j'aime le luxe et ensuite cela m'inspire plus pour prolonger cette magnifique soirée !

Un premier taxi s'arrête devant nous. Il est vieux et minuscule. Guy hésite un instant, regarde sa montre et me lance :

— Tant pis !

Je suis assise à ses côtés, mes fesses sur la fausse fourrure grise de la banquette arrière du taxi. C'est désagréable, je songe à tous ceux qui y ont posé leur postérieur et instinctivement je serre les jambes. Guy d'un geste les écarte. Le chauffeur regarde dans le rétroviseur.

Arrivés devant l'appartement qu'une amie me prête lorsque je suis à Paris, je regarde le taxi s'éloigner. Les feus arrière disparaissent dans la nuit et Guy attend devant la porte.

Il me suit. Je me tais, trop heureuse de ces quelques instants supplémentaires en sa compagnie. Il observe autour de lui et, désignant les escaliers, il me demande :

— Là haut ?

— La chambre.

— Tu es seule ?

— Absolument seule !

Il m'entraîne dans les escaliers. Ils sont raides, presque une échelle. Il me prend dans ses bras, me fait voltiger au-dessus de lui et me pose sur une marche. Il écarte mes cuisses. Debout quelques marches plus bas, sa verge est à la hauteur de mon sexe. Il ouvre son pantalon, prend sa queue entre ses mains et la frotte doucement entre mes jambes. Il la frotte lentement contre mon clitoris. J'ai du mal à tenir, agrippée à lui, juchées sur mes talons posés sur les escaliers.

Sa verge me pénètre violemment, plus grosse, plus dure, plus vive que la première fois. Je suis posée sur lui, je me dresse, les pieds sur les marches pour tenter de bouger autour de son pénis. Des frissons de plaisir me parcourent. C'est si fort, si rapide, si profond…

Un cataclysme intérieur, de ceux qui donnent l'impression de mourir un peu. Il me mord, ses traits se crispent, je cache mes larmes…

Lorsqu'il m'embrasse sur le front pour me souhaiter bonne nuit, j'ai le désir de le retenir.

— Dors ici.

— Non !

— Pourquoi ?

— Parce que c'est moi qui décide ! Tu l'apprendras aussi.

J'ai la sensation de me laisser volontairement tomber dans un puits sans fond dont je ne parviendrai pas à me sortir indemne. J'accepte ! j'accepte tout sans savoir quoi !

J'attends de le revoir en me remémorant sans cesse cette nuit. Je ne pense qu'à ses mains, sa bouche et son sexe…

Il m'a ordonné :

— Va à mon bureau et attends-moi !

Je me suis habillée avec soin, maquillée. J'ai enduit mon corps d'un lait parfumé et j'ai rejoint le quartier de Beaubourg.

L'attente est une des conditions de jeu de Guy, comme s'il voulait se convaincre ou me convaincre du degré élevé de mon désir de sexe. M'exaspérer le réjouit.

Après mon coup de sonnette, un homme m'ouvre la porte. Je le regarde à peine, trop désireuse de m'installer dans son canapé de cuir.

J'ai l'intention d'offrir à Guy une image, un tableau de séduction érotique lorsqu'il pénétrera dans la pièce. Pour cela il me faut me presser.

Je prends la pose, à demi allongée sur le sofa, la jupe remontée à la lisière de mes bas. J'ai éteint l'applique principale et allumé une petite lampe à l'abat-jour de papier de riz.

La lumière est douce. Derrière les fenêtres, les éclairages de Beaubourg scintillent.

L'homme passe la tête par l'entrebâillement de la porte. Je n'ai pas le temps de me redresser lorsqu'il me propose :

— Un café ? Un thé ?

— Rien merci !

Il referme doucement. J'ai cette fois remarqué ses yeux d'un vert admirable, bordés de longs cils noirs. Sans en être vraiment consciente, ce regard étrange se grave dans un coin de ma mémoire.

Le temps passe, l'immeuble devient silencieux. Sur une tablette, un fax se met à vibrer. Je m'approche, curieuse, et je lis :

— Reviens demain matin à dix heures ! Mets ta robe orange ! Tu es très désirable ce soir !

Je déchire la page et la fourre dans mon sac. J'ai envie de pleurer. Même si cela fait partie du jeu, je le trouve insupportable.

Je me faufile dans le couloir, évite l'homme que j'entends dans une pièce voisine utiliser le photocopieur et m'élance dans les escaliers.

Toute la soirée, je me remémore ce quart d'heure passé au bureau de Guy. Je tente de saisir ce qui m'a échappé. Il m'a vraisemblablement invitée dans son antre pour constater quelque chose, mais je ne sais pas quoi.

Le lendemain, à l'heure exacte, j'arrive au bureau de Guy. Il m'accueille à mon coup de sonnette et m'escorte jusqu'au canapé. Il m'invite à m'asseoir. En vitesse, je cherche partout autour de moi un objet évocateur. En vain !

Intrigué Guy me questionne :

— Tu as perdu quelque chose ?

— Non ! Non ! Tout va bien !

Décontenancé, il hausse les épaules, va dans le couloir et appelle :

— Bernard !

L'homme de la veille apparaît et Guy me le présente :

— Tu vas faire des photos pour une publicité dans un magazine et c'est Bernard qui se charge de tout organiser !

L'homme me sourit et ajoute :

— Je prépare le matériel !

— Nous te rejoignons.

Je me tourne vers Guy et lui demande :

— C'est quoi, cette histoire de photos ? Je ne veux pas d'ennuis ! Tu imagines si mon mari tombe dessus ?

— Calme-toi ! Je n'ai besoin que de tes cuisses sous ta robe légèrement ouverte et de tes cheveux dénoués. On ne verra pas ton visage !

Tandis qu'il enfile sa veste, il ajoute :

— Tu m'en veux pour hier ?

Je ne réponds pas et le suis jusqu'au café tout proche. Un photographe attend. Guy donne quelques ordres et s'en va me laissant entre leurs mains.

Bernard m'installe à une table, me demande de pencher la tête en avant et de laisser ma cuisse gauche nue et la main posée près d'un verre d'apéritif sur la table.

Après chaque prise, il m'entortille dans un gros pull-over. La saison est fraîche, et sur les photos je suis censée me prélasser au soleil.

Au bout d'un moment, je dis à Bernard :

— Je suis capable de le faire seule !

— Non ! Guy m'a ordonné de m'en occuper !

Je ne réplique pas, méditant le mot « ordonné » et le sens véritable de sa présence.

Le photographe, très professionnel, a vite terminé. Il me remercie, range son matériel et s'en va. Bernard m'aide à enfiler ma veste et me lance :

— Au revoir !

— C'est tout ? Je fais quoi ? Où est Guy ?

Bernard hausse les épaules en signe d'ignorance et part.

J'attends Guy un moment, persuadée qu'il va me rejoindre. Puis je lui téléphone. Il a l'air content :

— Tu as déjà fini ? C'est super ! Viens demain soir à mon bureau voir les épreuves.

— Mais, aujourd'hui ?

— Je n'ai plus besoin de toi !

— Guy ?

— Je t'ai déjà expliqué plusieurs fois ce que j'attends. Ne me lasse pas ! Ne sois pas comme les autres !

Puis se radoucissant :

— Je ne peux pas aimer autrement ! Il y a tant de choses que je désire explorer avec toi...

Je ne réplique plus. Inutile de lui avouer ma soif de ses bras, de son corps... Il a les cartes en main et les joue à sa guise. Il me faut l'accepter.

Le lendemain, Guy me pose des questions étranges sur Bernard :

— Tu as remarqué ses yeux ?

— Bien sûr ! Leur couleur est sublime !

— Il te plaît ?

— Beaucoup ! Il est fin comme une fille, un peu précieux mais viril avec ses cheveux bruns coupés court et ses joues assombries de barbe. Il est homo ?

— Pas du tout ! Il aime les femmes.

— Tu en es sûr ?

— Certain !

Guy reste un moment silencieux. Je lui demande :

— Et toi, il te plaît ?

Guy ne répond pas. Je me retourne interloquée. J'ai jeté cela comme une boutade. Guy désire un homme mais ne se l'avoue pas ? Guy aurait donc une faille ?

Je scrute longuement Guy, qui me sert un verre. Comme Bernard, il possède cette féminité honteuse pour un mâle. Bien des hommes s'efforcent de la dissimuler, ignorant son pouvoir de séduction.

Maintenant, je suis prête à jouer comme il l'entend. Je lui apporterai Bernard sur un plateau !

Je ne laisse pas paraître ma décision.

Guy me montre les épreuves et m'avoue :

— Bernard a gardé une photo !

— Et alors ?

— Je l'imagine hier soir, se masturbant devant !

Cela me fait rire. Guy ajoute :

— Il veut te voir ! Tu as rendez-vous avec lui maintenant dans un troquet près des Halles.

Il regarde sa montre et me conseille :

— Tu devrais y aller pour ne pas l'effrayer par un retard.

Guy est machiavélique. Il a, à son habitude, tout organisé. Il laisse croire à chacun d'entre nous que l'envie vient de l'autre. J'ai compris sa tactique et imagine son désir. Je ne vais pas le décevoir !

Me plier à ses fantasmes lorsqu'ils ont de si beaux yeux est un grand bonheur. J'essaie d'aller au-devant de ses fantaisies pour que son plaisir et le mien se rejoignent.

J'arrive avant Bernard et m'installe à une table.

Adieu préciosité et champagne !

Devant le zinc deux hommes sont accoudés. L'un d'entre eux plutôt grande folle tente vainement de séduire un solide gaillard attablé avec sa femme devant un plat de frites. Il le regarde en passant sa langue sur ses lèvres et en se caressant le sexe d'un geste évocateur.

Bernard arrive et je lui demande :

— C'est toi qui as choisi ce bar ?

— Non, c'est Guy qui me l'a suggéré ! Pourquoi ?

— Pour rien ! Simple curiosité !

Bernard assis en face de moi ne paraît pas très à l'aise.

Il est très séduisant, avec une fragilité à fleur de peau.

Je m'efforce de deviner ce que désire Guy : « Est-ce que Bernard est une sorte de Leporello envoyé à sa place par son maître et donc consentant ? Est-il un cadeau que m'offre Guy ? »

Tandis que je réfléchis Bernard commande un verre de vin. J'observe ses doigts aux ongles rongés, son regard fuyant.

Il est inquiet mais je ne saisis pas pourquoi. Je médite : « Guy ! Tu aurais pu être plus précis ! Qu'est-ce que j'en fais ? »

Une idée me vient : Bernard plaît à Guy et Guy me demande de le remplacer, de le séduire à la manière d'un homme. C'est extrêmement compliqué et je me perds en suppositions, en contradictions. Mon seul désir est de traverser l'épreuve et de satisfaire Guy. Ce que peut penser Bernard m'est complètement égal.

Je lui pose des questions sur sa vie, essaie d'être à la fois spirituelle et désirable. La conversation s'éternise, je lui mens, lui raconte une autre existence que la mienne. Je me rapproche et de mon genou effleure le sien. Je pose ma main sur la sienne et caresse ses doigts.

Bernard est figé dans une désespérante attitude contrainte et polie. Il ressemble à une jeune fille abordée pour la première fois par un homme. Lasse et proche de renoncer, je lui demande :

— Je ne te plais pas ?

— Si, si beaucoup, au contraire mais… c'est compliqué !

Il me raccompagne jusqu'au boulevard pour attraper un taxi. En chemin, il se décide enfin à parler :

— Pourquoi Guy m'a-t-il envoyé vers toi ?

— Cela t'ennuie ? je lui réponds en souriant, attentive à ne pas l'effaroucher.

— Non, mais je ne comprends pas !

— Disons qu'il te fait cadeau de moi et que tu es le cadeau qu'il m'offre !

Il marche en silence le front têtu.

— Peut-être faudrait-il en profiter ? j'ajoute doucement en lui posant une main sur le bras pour ralentir son allure.

— Tu as raison !…

Puis se reprenant, il m'explique affolé :

— Pas chez moi parce que…

Il se perd dans des commentaires sans fin qui me découragent et je lui souhaite bonne nuit.

Je m'approche et très doucement pose mes lèvres sur les siennes. De mes doigts je frôle sa joue. Il a fermé les yeux et d'une main douce me saisit par les hanches. Ma langue cherche la sienne, je me colle à son corps. Sa verge contre mon ventre durcit et je la caresse en me frottant contre elle.

Soudain il s'affole. Il regarde autour de lui comme s'il pouvait, en pleine nuit sur un grand boulevard parisien, trouver un refuge pour se cacher. Il respire fort et s'éloigne de moi sans un mot.

De retour dans ma chambre, je suis déçue de n'avoir pas su mener à bien le jeu demandé par Guy. Je me déshabille et me regarde nue dans un miroir. Bernard n'est pas très grand et je crois que nos deux corps s'adapteraient bien ensemble. Pour le moment, c'est raté !

J'hésite à appeler Guy pour le tenir au courant. L'heure est tardive et mon échec me décide à attendre. C'est lui qui me joint sur mon portable. Avide de nouvelles, il me questionne. Je lui réponds :

— Il est vraiment étrange ! J'ai besoin de conseils !

Guy m'explique comment procéder. Décidément, il est machiavélique. Il a tout pensé, tout mesuré…

Le lendemain, je téléphone à Bernard. Il paraît heureux de me parler et me fixe rendez-vous au même bar.

Le patron du troquet me salue comme une vieille connaissance. Nous nous installons à la même table, mais, cette fois, je l'oblige à s'asseoir à côté de moi. Je suis bien décidée à finir la nuit avec lui.

Son attitude m'intrigue. J'ai de nouveau l'impression d'avoir un adolescent rencontrant pour la première fois une femme. Je veux absolument demander à Guy : « Tu as eu ce que tu désirais ? Moi aussi j'ai joui ! »

Le piège est tendu et Bernard tombera dedans !

Nous recommençons les discussions de la veille tandis que je m'approche physiquement. Ma cuisse collée à la sienne, je glisse ma main sous la nappe et caresse son sexe. Il bande mais paraît totalement détaché. Je lui avoue :

— J'ai envie de faire l'amour avec toi tu le sais ? Et toi ?

— Oui, je crois, mais…

— Cesse de chercher des prétextes ! C'est oui ou c'est non ?

Il m'explique son appartement en colocation, son copain étudiant…

— Ton copain ne me gêne pas ! Il est comment ?

Bernard rit :

— Toi alors !

— Et le bureau ? Tu as les clefs non ?

— Et si Guy est là ?

— La nuit ?

Bernard extrêmement gêné me demande :

— Tu es sa maîtresse ?

— Et alors ! Tu me plais et cela n'a aucun rapport !

Ses yeux brillent d'un émoi nouveau et je sens la pointe de mes seins se durcir. Je prends sa main et la glisse dans mon soutien-gorge :

— Regarde.

Il jette un coup d'œil dans le bar, personne ne s'occupe de nous. Sa main froide me caresse un moment les seins puis, fermant les yeux, il me pince le téton exactement comme le fait Guy. Au petit cri que je pousse, il croit m'avoir fait mal et retire sa main :

— Non ! C'est parce que ça me plaît et j'ai envie de toi.

Je dirige sa main sous ma jupe. Il découvre mon sexe sans culotte, marque un léger étonnement puis s'empare fébrilement de mon clitoris. Il est malhabile et je le dirige en déplaçant mon bassin. De ma main, je pousse ses doigts dans mon sexe mouillé. Il s'y enfonce en fermant les yeux. Lorsqu'il retire ses doigts humides, je les prends dans ma bouche et les lui lèche.

Nous quittons le bar, langues mêlées et enlacés. Nous courons plus que nous marchons jusqu'au bureau, heureusement pas très loin. Bernard entre dans la cour à pas de Sioux et regarde la fenêtre de son patron avant de s'engager dans les escaliers.

Il tourne la clef dans la porte. Les bureaux sont silencieux et noirs. À tâtons il me guide. Je lui dis :

— Allons chez Guy ! C'est plus confortable !

— Tu n'y penses pas ! Si Guy l'apprend !

— Tu vas lui dire ?

— Sûrement pas !

— Alors ?

Je le saisis par la taille et le pilote à mon tour jusqu'au canapé de cuir.

Devant lui, j'ôte mes vêtements un à un. Debout, en soutien-gorge, les bas noirs à mi-cuisses et le sexe nu, je m'approche et dégrafe son pantalon. Il se laisse faire, impressionné.

Il bande si fort que j'ai des difficultés à descendre son caleçon. Sa queue est longue et son gland rose apparaît suintant. Je passe ma langue dessus. Les fesses tournées vers le grand placard où je sais Guy caché, je m'accroupis et engloutis sa verge.

Il pousse son bassin et s'enfonce brutalement au fond de ma gorge. Je le chasse, écarte ses jambes et lèche ses testicules couverts de poils bruns et frisés. Ma main caresse son gland. Il gémit et vacille.

Je remonte entre ses fesses et mon doigt s'attarde sur son anus, légèrement. Il resserre les jambes et se redresse. Il me regarde et me dit :

— Tu me fais peur ! Mais j'ai envie…

Je m'allonge sur le canapé, jambes écartées. Il se met à genoux et ajoute :

— La première fois que je t'ai vue, tu étais couchée ainsi mais ce n'est pas moi que tu attendais !

Je lui souris, pensant à Guy. Je sens son odeur, si proche…

Bernard introduit une langue pointue dans mon sexe,

remonte vers mon clitoris et la remplace par ses doigts comme il l'avait fait dans le bar. Il me fouille presque douloureusement, tout à son plaisir d'introduire sa main qu'il a heureusement petite.

Trois doigts, quatre, le pouce passe aussi.

Il me regarde, écartelée sur le canapé.

— C'est du fist ! Tu connais ?

Je comprends alors son hésitation, son refus... Guy m'a raconté des histoires fausses pour me pousser dans cette situation qu'il n'ose pas aborder lui-même. Bernard est aussi homosexuel !

— Non !

— Tu as mal ?

— Oui, mais continue !

Je sais que la meilleure des choses à faire c'est de jouir devant Guy.

Sa main entière est passée, il serre le poing et va et vient brutalement. Je crie. Il s'arrête. M'observe, déplie ses doigts et se retire.

Je l'attire sur moi et le fais culbuter sur l'accoudoir du canapé. Il a ses fesses juste en face de Guy et me pénètre. Je ne sens rien, mon sexe est si ouvert que sa queue, pourtant de bonne taille, n'y suffit pas. Mes mains l'agrippent et l'enfoncent encore plus profondément en moi. Je lui écarte les fesses pour que Guy n'en perde rien. J'imagine l'image :

Son anus, ses testicules, sa queue en moi... Guy doit être en train de se masturber.

Il éjacule très vite et se retire. Tandis qu'il se rhabille, je reste ouverte sur le canapé. Il me demande :

— Tu ne te prépares pas ?

— Non, j'attends un moment !

De nouveau très gêné, il ajoute :

— Je dois filer ! Tu tires la porte derrière toi ?

Et il s'en va sans un baiser, sans un merci…

J'appelle :

— Guy !

Il me rejoint, bandant fort, et me dit :

— Il se passe de drôles de choses ici lorsque je ne suis pas là !

Il se place entre mes jambes, tente de s'introduire en moi, mais mon sexe est trop large et sa queue glisse. Il me caresse un instant et dirige un doigt vers mon anus. Je bondis et lui dis :

— Non ! Pas là !

— Tu ne l'as jamais fait ?

— Non !

Sans insister, il me présente sa queue, que ma bouche engloutit. Me tenant par les cheveux, il s'enfonce dans ma gorge et très rapidement pousse un cri et jouit. Je n'ai pas eu de plaisir.

Guy s'assoit à côté de moi et me dit :

— Ce sacripant t'a fait quelque chose que je n'ai pas encore eu le temps de te faire !

Je regarde les grandes mains de Guy et imagine la douleur. J'en ai envie tout de suite et n'ose pas lui dire. Devinant mes pensées, il ajoute :

— Tu es trop endolorie pour ce soir ! On essaiera plus tard. J'ai beaucoup de projets pour toi ! C'était beau lorsque tu lui tenais les fesses écartées ! Tu as su deviner mon désir !

— Je pensais que tu allais nous rejoindre !

— Tu vois ! Même moi je ne suis pas prêt pour tout ! Mais, c'est vrai, j'avais envie de son cul !

Ce soir je suis furieuse !

Furieuse ! Il pleut si fort que je ressemble à un chien mouillé. Je suis trempée et l'odeur de son sexe s'efface sur mes mains qui gardent encore la mémoire de sa forme…

Dans ma chambre, j'ôte mes vêtements imbibés d'eau et enfile un kimono de soie. Le tissu froid sur mes épaules nues me fait frissonner et de longues mèches de cheveux s'égouttent sur mon visage. Je me glisse sous la couette pour essayer de retrouver un peu de chaleur. La maison est vide, seul le mécanisme entêtant d'une pendule me parvient.

Je me love en rond comme un chat, le menton sur les genoux. Je ferme les yeux et me concentre sur le visage de Guy.

Son regard affolant se détourne. Il observe une femme blonde passant dans la rue. Je l'appelle :

— Guy !

Il pivote vers moi souriant. Son regard est vide, ailleurs déjà.

Je glisse une main distraite dans l'entrebâillement de mon kimono, la tiédeur de ma peau réchauffe mes doigts encore glacés. Je descends dans le creux entre mes seins, rencontre une courbe, la suis jusqu'au mamelon que j'effleure doucement. La pointe se durcit sous mes doigts qui s'y arrêtent. Entre le pouce et l'index, je me pince violemment comme Guy aime le faire. Jusqu'à ce que je gémisse de douleur. Je murmure encore :

— Guy !

Il y a à peine plus d'une heure nous étions dans un de ses lieux affectionnés du côté du Palais-Royal et il promenait pareillement ses mains sur ma chair encore sensible. L'une frôlait ma poitrine, l'autre flânait entre mes cuisses. Parfois, elle s'y attardait, s'y appuyait fort, très fort, puis repartait pour des séjours plus intimes. Ses caresses me surprennent toujours. Lorsqu'elles ne sont que douceur, il faut alors qu'elles s'acharnent à m'arracher une plainte. Ses doigts soudain me pénètrent, me soulevant presque.

Tout près, deux hommes m'observent, je les devine plutôt que je ne les vois. Un autre devant moi se masturbe. C'est curieux comme parfois le temps semble suspendu. Ici, chaque geste se fait lent comme s'il était le dernier, l'instant est apprécié. Mais comment l'apprécier lorsqu'on le sait compté ? Quand sans cesse me revient à l'esprit une question stupide : « Combien de minutes encore avant de jouir ! »

Je dois oublier mes angoisses, ne penser qu'à Guy, ses mains, son sexe. Je soupire, le nez dans son cou, respirant son parfum d'homme soigné.

Je me retourne et lui présente mon dos. Guy se colle à moi, je sens sa verge sur mes reins à travers les étoffes. J'observe la main de l'homme s'activant sur sa braguette ouverte. Il secoue son sexe par petits coups et me contemple les yeux écarquillés.

Malgré ses efforts, son membre rose et incongru sur son costume sombre reste modestement recroquevillé. Je baisse les yeux, pudiquement, et l'observe sous mes cils. Guy dans le creux de mon oreille me susurre :

— Aide-le ! Tu vois bien qu'il a besoin de toi !

J'attrape ses testicules dans mes mains et les presse doucement. Il ouvre la bouche, et avance son bassin. Je sors un peu mes griffes et remonte le long de sa verge jusqu'à sa propre main. J'ai envie de lui faire mal, je ne le connais pas, mais je le déteste. Deux puis trois doigts de Guy me pénètrent nonchalamment. Je pousse mes fesses vers lui. Je veux son sexe dans mon ventre, mais déjà il s'échappe. Je lâche l'homme devant moi. Guy décide :

— On s'en va !

Tandis qu'il réajuste ses vêtements, l'homme me glisse un numéro de téléphone et :

— Je vous donnerai beaucoup d'argent ! Beaucoup !

Dans la rue, je montre le papier à Guy qui s'exclame :

— Je ne te vends pas ! S'il me l'avait demandé je t'aurais volontiers prêtée.

Puis il prend le papier, le roule en boule et le jette dans le caniveau.

Je suis atterrée. Je pensais l'amuser avec cette histoire, j'étais même fière à l'idée que j'étais monnayable, cela m'excitait. Je ne l'aurais jamais appelé, mais j'avais l'impression d'être encore plus désirable pour Guy. Et lui, il parle de m'offrir comme une vulgaire bouteille de vin !

Guy regarde sa montre. Il s'impatiente, cherche un taxi. Je lui dis :

— Je te laisse, j'ai des courses à faire !

Je disparais au coin de la rue et, postée près d'un kiosque

à journaux, je le regarde monter dans un taxi et s'en aller sans se retourner.

Dans le métro, assise sur un strapontin, je serre les cuisses et ferme les yeux. J'ai envie de lui, de son sexe en moi et je suis seule. En face deux ouvriers maghrébins rentrent d'un chantier, fatigués, les doigts usés. Un homme debout lit son journal. Trois femmes discutent. Tous ont l'air parfaitement calmes. Je bous intérieurement. Je murmure :

— Guy ! Prends-moi là, dans le métro, dans la rue, où tu veux !

La rame continue, les stations se succèdent et mon désir ne se calme pas. Dans mon ventre, ma chair imagine la grosseur de sa verge, sa chaleur… mais… il n'avait pas le temps !

Ma main quitte mes seins et joue un instant avec les poils du pubis, courts et raides comme de la mauvaise herbe, les enroule autour d'un doigt. Guy n'apprécie pas les sexes totalement dénudés. Il me demande de m'épiler entre les jambes et de garder un triangle sur le devant. Il aime passer sa langue entre mes lèvres complètement imberbes et douces. Mon clitoris dépasse un peu et frotte sur tout ce qu'il rencontre, me procurant une excitation quasi permanente.

Une fois, dans un restaurant, Guy m'a montré une photographie ancienne de femme nue et très velue. Il m'a intimé :

— Un jour, tu laisseras tout repousser pour que je teste les sensations que ça procure !

Mon index s'engage entre les lèvres, effleure mon clitoris dur et sensible. Je tremble légèrement. Je passe mon doigt dans ma bouche pour y puiser un peu de salive. Je me caresse un moment, jambes ouvertes, rêvant que Guy pousse la porte de ma chambre.

Des claques retentissaient dans la petite pièce calfeutrée. Une femme était fessée énergiquement par un homme. Guy me poussa devant lui pour me permettre de mieux voir.

Elle était allongée sur le ventre. Les fesses en l'air. Sa bouche vorace rythmée par les claques engloutissait la queue d'un autre homme. La cadence était parfaite ! Sa croupe était belle, blanche et polie comme du marbre. Un fin string bleu et bordé de dentelle disparaissait presque entièrement coincé entre ses rondeurs de Vénus callipyge, étonnant point de ciel que mon regard ne quittait pas.

Mes doigts suivent le contour des lèvres frémissantes et ouvertes comme une figue en été. Ils viennent en leur centre maintenant humide s'oindre pour mieux glisser. La chaleur de la couette m'envahit, la soie du kimono est devenue brûlante sur ma peau.

Je repousse du pied tous les tissus et, nue, les jambes écartées, je contemple le plafond et les petits éclats de lumière provenant du lustre marocain ajouré.

L'autre main rejoint la première. Elle s'y appuie, lui donne de la force pour faire croire à une puissance masculine. Un doigt tourne en rond sur le clitoris, le découvrant chaque fois grossi, tendu… Je gémis, comme si mes supplications allaient le faire arriver :

— Guy ! Guy !

La veille à son bureau, nous avons joué avec internet. À mon arrivée, il épluchait scrupuleusement des messages dans le style :

— *Homme bien monté cherche chatte accueillante !*

La pièce était plongée dans le noir, seule la lueur bleue de l'ordinateur teintait d'un halo irréel nos visages. J'étais assise sur ses genoux, d'une main il pianotait sur le clavier, de l'autre il remontait le long de ma cuisse, passait sous la jupe de mon tailleur, s'assurait que je portais des bas et pas un collant, se glissait entre mes jambes et vérifiait l'absence de culotte. Je ne bougeais pas, comme captivée par l'annonce de l'homme bien monté et la chatte accueillante à moins que ça n'en soit une autre. Sa main sur mon sexe pianotait aussi. Chaque mot marqué sur l'écran correspondait à des pressions de ses doigts. Je me prenais à espérer de longues phrases !

Ma joue contre son épaule sentait sa chaleur d'homme et son odeur.

Sans me parler, il compose un numéro de téléphone : c'est occupé, il en essaie un autre. On décroche :

Un jeune homme, encore puceau sur le message, lance un timide :

— Allô !

— À toi, me dit Guy en me passant le combiné.

Prise au dépourvu, je ne sais que dire, je demande :

— Alors c'est vrai ?

— Quoi ?

— Que tu es encore puceau !

— Ben oui !

Il m'avoue ses vingt ans passés. Guy écoute ravi.

— J'étais dans une école de garçons ! me confie le jeune homme.

— Et… avec les garçons ? je questionne sournoise.

Un moment de silence suit. Guy me caresse distraitement les seins, absorbé par la conversation et attendant la suite.

— Ben oui, un peu ! Quelques attouchements.

Je l'imagine très bien, brun, avec les yeux de biche des garçons du Sud et sa queue maladroite qu'il faut apprivoiser, calmer, cajoler…

Il ne voudra pas venir au rendez-vous que je lui fixe !

À mon majeur, je porte une bague énorme, vestige des années cinquante. En son centre une grosse bille de verre fait office de pierre. La bille est ronde, lisse et douce. Je tourne la bague autour de mon doigt de façon que la bille soit à l'intérieur de ma main, comme Guy la portait quelques heures plus tôt.

Il la trouve élégante et a voulu l'essayer. Il l'a passée à son petit doigt et l'a gardée toute la soirée. Au moment de nous séparer, il me l'a rendue. Il a ajouté :

— Il faudra que je t'offre un bijou, quelque chose que tu porteras toujours, une sorte de marque de fabrique !

— Quel bijou ?

— Tu verras !

Le métal froid se pose entre mes cuisses, la bille cherche mon clitoris, le trouve. Son contact m'arrache un gémissement. Elle roule exactement. Deux engrenages subtils, mécanique bien huilée s'activant pour mon plaisir. Mes jambes m'échappent en des sursauts nerveux, la bague semble agitée par une vie propre. Elle glisse, tourne, s'acharne sur ma chair, ma respiration s'affole. La bague se calme et m'effleure juste de sa froideur. Je respire.

Il m'avait raconté combien lui avait plu un texte. Une femme dans la foule…

Il avait été troublé et en parlait avec ses yeux terribles. Guy a le regard insoutenable lorsqu'il a envie de sexe. La pupille agrandie, l'iris noir s'y confond et une expression de volupté en émane. Il me regarde et mon sexe s'apprête à l'accueillir, humide et déployé.

Cette histoire ressemblait étrangement à une autre m'étant arrivée il y a deux semaines. À force de me persuader que le plaisir était partout, Guy m'a entraînée à regarder autour de moi. Sans doute aussi le désir de lui rapporter une aventure à laquelle il n'aurait rien à voir, dont je serais la seule instigatrice. Je voulais que le maître soit fier de l'élève. Bien que l'élève ait beaucoup de réticences, tout encombrée de morale chrétienne. Je savais plaire en la lui racontant.

— Dans la ville où j'habite, un nouveau musée a été inauguré. En province les manifestations de ce genre attirent une foule considérable et il y avait plus de gens qu'il n'était possible d'en recevoir à l'intérieur du bâtiment.

— Attends ! Ne va pas si vite ! Tu étais seule ?

— J'étais seule, mon mari, représentant l'opposition, n'avait pas cru bon de soutenir un tel projet et m'avait même interdit d'y aller. Je n'ai pas tenu compte de son veto et je m'y suis rendue. De toute façon, lorsque je ne suis pas à son côté, personne ne sait que je suis sa femme !

« Prise dans la foule, je tentais de m'approcher de l'entrée du musée où mon carton d'invitation devait me permettre d'accéder.

« La foule était compacte comme une mer, me déplaçant sur la droite ou sur la gauche au gré d'une houle inconnue. À quelques pas de là, un homme me regardait.

— Comment était-il ?

— Grand, brun et portant des cheveux longs. Ses yeux

étaient si foncés qu'ils disparaissaient dans la nuit. C'est pour ça que…

— Pour ça que quoi ?

— Non ! Rien ! Je l'observais également quand la cohue m'a poussée d'un côté et lui de l'autre. Un couple d'amis m'a fait signe un peu plus loin et comme nous ne nous étions pas vus depuis longtemps, par-dessus les têtes nous avons échangé quelques mots, nous promettant comme toujours de nous inviter bientôt à dîner. Ce sont des personnes agréables et…

— Ensuite ? Laisse tes amis, ils ne m'intéressent pas !

— Ensuite, je me suis sentie poussée par-derrière, un corps était collé à moi mais je ne m'en suis pas aperçue immédiatement, la foule était si dense !

« Je devinais une chose dure contre mes fesses et ma jupe courte se souleva légèrement. Je ne bougeais pas. J'aurais pu me retourner et donner une claque à celui qui se permettait de telles familiarités mais j'étais intimement persuadée que c'était le bel homme qui me dévisageait un instant auparavant.

— Tu as eu raison ! Il faut laisser sa place au hasard !

— J'ai hésité, tu sais ! J'ai pensé à toi, à ce que tu me conseillerais…

— Et alors ?

— J'ai fait semblant de ne pas m'en rendre compte. Ses mains se sont plaquées sur mes hanches, remontant ma jupe au-dessus de ma taille. Elles ont caressé un moment le creux en haut des cuisses, puis par de petits mouvements se sont insinuées entre mes jambes et se sont glissées sous ma culotte.

— Tu portais une culotte ?

— Si je ne suis pas avec toi ?

— Si tu n'es pas avec moi, j'aime te penser le sexe libre ! Continue ton histoire !

— J'ai encore parlé avec ces gens. Des banalités ! Mon corps s'est mis à bouger lentement contre ce pénis bien droit, mes reins s'abaissaient et remontaient le long de cette queue inconnue. J'entendais sa respiration contre mon oreille…

— Alors ? Finis ! Regarde comme je bande !

Guy m'a pris la main et l'a posée sur son sexe. À travers le tissu je sentais sa verge palpitante.

— Alors rien ! Les mains m'ont lâchée et le corps s'est éloigné. J'ai attendu un moment et quand je me suis retournée, il avait disparu sans prendre son plaisir, ni moi le mien. La foule avait retrouvé son allure de mer sombre et mouvante où je voguais seule.

— Cet homme est bien décevant ! Raconte-moi, tu t'es masturbée ensuite ? Avec quoi ?

Il n'y avait rien à ajouter. Je suis restée avec un sentiment de frustration proche de celui de ce soir.

Mes doigts experts laissent mon clitoris pour descendre plus bas, là où la peau est douce et humide, ils s'enfoncent délicatement pour une caresse plus profonde, la bague me fait un peu mal mais la volupté l'emporte, je la sens dans mon ventre comme un tout petit sexe d'homme.

La dernière fois que nous avons fait l'amour, c'était hier ou peut-être avant-hier ou il y a un mois ? Je ne sais plus, avec lui le temps perd toute signification.

Il était fatigué, écroulé sur son canapé dans son bureau. La vie du dehors nous parvenait par bribes, c'était une fenêtre sur un autre monde ne nous appartenant plus. J'étais avec lui, devant lui, mes mains posées sur son pantalon que je déboutonnais. Il ne bougeait pas, me laissant agir. Je saisis sa verge, la cajolai, mes doigts couraient sur la peau fine, étreignaient le gland. Il soupira !

Ma bouche s'arrondit autour de lui.

J'aime les sexes des hommes quand ils ne sont que de petites bêtes frileusement logées dans leur nid !

Ce soir-là, il avait décidé d'être passivement étendu. Il m'a dit :

— J'essaie d'imaginer ce que peut ressentir une femme écrasée par le poids d'un homme et incapable de bouger.

Est-ce un fantasme masculin ? Le peu d'hommes que j'ai rencontrés avant Guy me refusaient toutes initiatives. Si je devenais trop entreprenante, j'avais droit à des : « Chut ! Calme ! Non ! » Inconsciemment persuadés d'un rôle bien établi. Mon mari est de ceux-là, impossible à toucher, impossible à caresser…

Guy était étendu les yeux fermés à espérer le plaisir.

J'avais l'impression de pouvoir pendant des heures laisser mes mains voler sur lui. De connaître chaque parcelle de son corps que je n'ai jamais vu entièrement nu.

Son torse, son ventre avaient la douceur d'une peau de femme. Il se laissait faire, les yeux fermés, attentif a tout ce que mes doigts et ma bouche pouvaient inventer.

Je l'enjambai et m'assis sur lui. Je remuais lentement, pour que mes lèvres ne fassent qu'effleurer sa verge. Sa chaleur s'irradiait en moi. Calée sur les genoux, je glissais sur sa queue offerte. J'étais de plus en plus lourde, de plus en plus mouillée. J'éprouvais une envie incontrôlable qu'il me pénètre ou plutôt que je le viole dans son repos. Lui restait inerte. De temps en temps un petit soupir s'échappait de sa bouche. Il me disait :

— Oui, encore !

N'y tenant plus, je soulevai mon bassin et guidai sa verge en moi.

Je le croyais endormi quand d'un violent coup de rein il s'enfonça jusqu'au plus profond de mon ventre. Je gémis de plaisir. Je bougeais sur lui, paisiblement au début, goûtant chaque frottement, chaque frisson. Ses mains me saisirent par la taille et il guida mes mouvements de plus en plus rapides. Nos corps claquaient l'un contre l'autre. Il dit d'une voix rauque à peine audible :

— Donne ! Donne !

Je dansai une samba effrénée et violente empalée sur sa verge. Chaque coup me faisait haleter de plaisir. J'étais perdue dans une transe. Je sentis sa queue brûlante jouir en moi et je m'écroulai agitée de soubresauts. Il me serra dans ses bras pour empêcher mon corps de trembler. Je sombrai dans une mélancolie qui me gagne après l'amour et, lorsque la satisfaction est trop forte, me fait pleurer.

Au moment de me raccompagner, Guy me dit :

— Ce soir je t'invite chez moi !

Je regarde les rues défiler à travers les vitres du taxi et ne réponds pas. J'ai dû mal entendre, me raconter une histoire… Guy ne m'a jamais ouvert la porte de son appartement. Je ne sais même pas s'il vit seul ou s'il est marié. Il a peut-être des enfants et habite une cité en banlieue ?

Non, sûrement pas !

Nous longeons la Seine et traversons Paris en direction des quartiers ouest. Nous franchissons la porte d'Auteuil et longeons le bois de Boulogne. Pendant un moment je pense qu'il a décidé d'un jeu dans le bois. Une fois déjà, il m'y a emmenée mais avec sa voiture. Il s'est garé sur un parking désert en pleine nuit et nous avons patienté. Il m'embrassait distraitement en regardant par la vitre arrière comme s'il attendait quelqu'un.

Un camion s'est garé près de la voiture et le chauffeur en est descendu. Il a allumé une cigarette et a fait le tour de son véhicule. Je me souviens avoir lu la plaque d'immatriculation, le poids lourd venait de Pologne.

Guy a quitté à son tour la voiture et est allé discuter avec le routier. Guy s'est réinstallé près de moi et m'a dit :

— Ouvre la vitre !

Le chauffeur se tenait debout de l'autre côté de ma portière. C'était un homme assez jeune, je ne distinguais pas bien ses traits car nous avions éteint toutes les lumières des véhicules. Je voyais seulement qu'il était grand et costaud.

Guy m'a ordonné :

— Masturbe-le !

Le type était collé à ma fenêtre. Il fumait toujours. J'ai défait son ceinturon, descendu la fermeture éclair de son jeans. Il bandait et sa verge me paraissait plus grosse que mes mains. Je l'ai dégagée de ses sous-vêtements et je l'ai caressé. Je craignais que Guy ne me demande de la prendre dans ma bouche. Je n'en avais aucune envie.

L'homme gémissait. Je ne voyais que son bassin et cette verge entourée de poils blonds que la lune me laissait apercevoir par intermittence.

Guy a mis le moteur en marche et m'a lancé :

— Ça suffit !

Et il a démarré. La silhouette de l'homme abasourdi, la queue en érection debout contre son camion s'est estompée derrière les arbres du bois.

Le taxi s'arrête devant une construction de style Art déco entourée d'un jardin arboré. Je l'attends pendant qu'il règle le chauffeur et je le suis jusqu'à la porte du bâtiment. En passant, je jette un coup d'œil curieux sur la boîte aux lettres et ne lis que son nom et son prénom. Je m'en réjouis, cela signifie sans doute qu'il vit seul, pas de femme pour partager son quotidien. En même temps, je réalise à quel point je suis stupide. Quelle est cette vanité qui me fait espérer être sa maîtresse principale, celle qui compte le plus dans son cœur alors que le principe même d'un cœur de libertin, c'est de battre indistinctement pour toutes ses femmes !

L'immeuble est cossu, et à sa suite je pénètre dans le sanctuaire : un magnifique appartement moderne, très zen, avec seulement quelques meubles utiles, subtilement disposés. Je n'avais pas besoin d'épier la boîte aux lettres, la décoration est celle d'un célibataire, homme de goût.

Rien ne traîne sur les meubles, seul un vase asiatique est posé sur une immense table de bois sombre.

Sa chambre, derrière un panneau coulissant japonais, est consacrée uniquement à un immense lit.

Guy me laisse un moment seule et revient rapidement portant un plateau et une bouteille de vin. Une cuvée de luxe choisie pour aiguiser les sens ! me confie-t-il.

Il me sert un verre et me fait signe de franchir le panneau coulissant de la chambre. Assise sur le bord du lit, je bois timidement pendant qu'il me scrute.

— Tu ressembles à une fillette en visite chez un grand-oncle vicieux !

Il rit en disant cela. Il me débarrasse du verre et me bascule sur le lit. Il me tient les mains et m'embrasse le cou. J'étouffe sous mon manteau que je n'ai pas pensé à quitter comme si j'étais là pour un instant seulement. Son grand corps est lourd sur moi.

Il me redresse et me déboutonne le manteau, il me dévêt comme il ferait pour un enfant :

— Tu vis seul ?

— Chut ! Cela n'est pas pour les gamines curieuses !

Il dégrafe les lanières de mes chaussures, soulève ma jupe et roule mes bas jusqu'aux genoux.

— C'est bien, tu ne portes rien dessous !

Il l'a exigé au tout début de notre rencontre. Il m'a dit détester deux choses : les collants et les culottes. Les premiers sont pour lui rédhibitoires et « ils me font débander ! » m'a-t-il avoué.

Les secondes, ce n'est que par simple souci de commodité. Il aime pouvoir glisser sa main sous ma jupe à tout moment et avoir ma chatte disponible sous ses doigts. L'idée que n'importe qui, si je me baisse ou ne me tiens pas assez droite, puisse avoir le regard sur mon sexe lui plaît également beaucoup.

J'en ai pris l'habitude, et maintenant, même quand je suis loin de lui, je me promène sans culotte, devant tenir ma jupe les jours de vent.

La moleskine des banquettes de bar est un de mes récents plaisirs. C'est une matière au contact à la fois lisse et glacé. Parfois, je m'installe dans un café du centre de ma ville, un de ces établissements où les garçons sont vêtus d'un costume sombre et ceints d'un grand tablier blanc. Le mobilier est le même que dans les années mil neuf cent et les plafonds richement peints de scènes pastorales. Sur les murs de grands miroirs décuplent les images. Là, une banquette fait un angle tranquille avec un petit guéridon de marbre. Je m'y glisse le matin et commande un café. Pendant que je lis les nouvelles du journal, je me penche en avant. J'écrase mon clitoris sur la moleskine et avec un léger frottement je me masturbe mieux qu'avec mes mains. J'ai surpris le regard indiscret d'un serveur. Toujours le même qui accourt lorsque j'arrive et m'apporte ma tasse sans que je l'ai demandée. Il se campe avec son plateau dans l'entrée et m'observe dans un des miroirs. Il ne dit rien, ne fait aucun geste, se contente de me contempler.

Guy m'écarte les cuisses et me dit :

— Reste comme ça !

Il ouvre un placard dissimulé dans le mur juste en face et ses costumes soigneusement accrochés apparaissent. Il tourne la porte et un miroir de grande taille recouvre les vêtements.

Il revient vers moi et me positionne par rapport au miroir.

— Regarde ! Comme ça, c'est bien !

Je suis vêtue d'une jupe rose remontée sur mes cuisses, d'un chemisier ouvert et les jambes écartées laissent voir mon sexe. Il glisse sa main dans mon corsage et découvre mes seins sans défaire mon soutien-gorge. Ils sont posés haut sur le tissu de mon chemisier à la manière d'un corset ancien, sauf que les mamelons dépassent. Il admire son œuvre dans le miroir, puis passe derrière moi sur le lit et comme les coiffeurs, tout en regardant mon image, défait mon chignon et glisse ses mains dans mes cheveux pour les arranger à sa façon.

— Laisse-toi tomber en arrière. Ne crains rien, je te retiens !

Je me penche et m'appuie contre lui. Il glisse des coussins dans mon dos. Je parviens encore un peu à voir mon image dans le miroir. Mon sexe est plus largement ouvert sur mes lèvres légèrement roses, et mon anus est apparent, plus foncé que le reste de ma peau.

Il me contourne et se place entre mes jambes. Il glisse une langue pointue sur mon clitoris. Il le saisit violemment entre ses dents et le mord. Je serre les mâchoires. Il me lâche, se redresse et s'explique :

— Là, tu as eu mal ?

— Un peu !

— Tu as aimé ?

— Je crois !

Alors il se penche sur moi et de la même manière s'empare de mon mamelon gauche et le croque rudement. Je ne crie pas et un frisson me parcourt immédiatement le corps. Bien qu'il ne l'ait plus dans sa bouche, la pointe de mon sein est douloureuse et j'ai l'impression de sentir toujours ses dents. Il ajoute :

— C'est bien !

Il se replace entre mes jambes qu'instinctivement je veux serrer. Il me retient les cuisses et me sourit. De sa langue, il descend le long de mon sexe sans s'y attarder et remonte jusqu'à mon anus.

Je n'ai pas l'habitude de cette sorte de caresse et suis un peu réticente. Je ne me demande pas si j'aime ou pas mais amorce un geste de recul. Il me retient fermement et accentue ses effleurements du bout de sa langue. Je suis raide et méfiante.

Il se lève et ouvre la porte menant à la salle de bains. Il revient avec un tube de je-ne-sais-quoi. Délicatement, il s'agenouille entre mes cuisses et me masse l'anus avec le contenu du tube.

— Encore une épreuve ! Tu gagneras tellement à la réussir !

J'appréhende son but. Jamais un homme ne s'est introduit par ce passage. C'est pour moi uniquement une pratique homosexuelle, la sodomie considérée comme le péché absolu.

J'essaie de réfléchir, de savoir si j'accepte ou non d'être pénétrée par ce dernier orifice que je gardais pour moi.

Guy ne me demande pas mon avis. Il y dirige délicatement un doigt, passe la partie la plus sensible et le tourne à l'intérieur. Je me contracte et il me dit :

— Détends-toi, j'en ai très envie !

Je respire à fond, oublie mes préjugés et recherche le plaisir puisque c'est le désir de Guy, cela ne peut me donner que du plaisir ! Sa jouissance me procure chaque fois une satisfaction indicible.

Il introduit un deuxième doigt tout aussi délicatement puis un troisième. De l'autre main, il redresse mon buste et me dit :

— Regarde ! C'est superbe !

L'image m'est à ce point inconnue que je ressens un nouvel appétit, ma respiration s'accélère devant la représentation de cet homme agenouillé en costume et me pénétrant de sa main dans un passage que je ne contrôle plus. Il me lèche les lèvres pendant que ses doigts s'enfoncent de plus en plus profondément.

Il retire sa main. Je suis toujours allongée le dos soutenu par des coussins. Je l'observe dans le miroir défaire sa ceinture et ôter son pantalon. À genoux, il s'approche de mon entrejambe, la verge raide et dressée. Je me dis que, jamais, cette queue ne passera, elle est trop large, elle va me déchirer…

Il rajoute un peu de lubrifiant, m'écarte davantage les fesses, appuie son gland contre mon anus et pousse violemment.

Je me mets à hurler. Sa verge est déjà à moitié introduite. Je vois ses yeux chavirer de plaisir et je serre les mâchoires. J'ai mal, très mal, mais son plaisir vaut bien toutes les douleurs. J'y trouve même de la jouissance. Il s'enfonce plus loin et mon anus lui serre la verge plus fort qu'une main.

Il va et vient, gémit. Je gémis aussi à la fois de souffrance et de contentement. Son pubis claque sur mon sexe. Il me cramponne par les hanches et m'oublie, concentré sur sa jouissance. Il est violent comme il n'a jamais été. Il se glisse plus profondément encore et sa verge se contracte, se dilate, plus énorme que jamais. Des larmes coulent sur mes joues et je ne sais plus si c'est la douleur ou la joie de le voir à ce point prendre du plaisir.

Il jouit la bouche ouverte, criant et se tordant comme s'il souffrait. Je perçois son sperme giclant dans mes entrailles et, lorsqu'il se retire, je garde l'impression que sa queue est toujours en moi. Il s'écroule sur mon ventre et dans un souffle me chuchote :

— Merci !

Sur le côté, il contemple notre image dans le miroir et me dit :

— Regarde !

Mon anus est béant, ouvert et large comme une bouche, un filet de sperme coule blanc sur la chair endolorie.

Je suis heureuse que Guy soit parvenu à me découvrir là aussi. Je ne suis plus vierge d'aucun orifice et entièrement ouverte à lui.

Lorsque je me redresse pour gagner la salle de bains, j'ai mal et je suis incapable de me contracter. Du sperme dégouline le long de ma jambe. J'ai mal, mais je suis fière de cette souffrance.

Un peu plus tard Guy me dit :

— Il faudrait… comment dire… que tu t'entraînes ! Qu'un si beau boulot ne soit pas fichu !

Il m'explique :

— Si tu ne recommences pas rapidement, ton anus va se resserrer et ce sera de nouveau douloureux. Pour arriver à jouir pleinement de la sodomie, il faut dépasser ce stade.

— Comment ? je lui demande.

— Tu as le choix : soit tu trouves des objets te convenant

ou un godemiché et tu t'entraînes un peu chaque jour. Soit tu demandes à des hommes de te pénétrer.

Déjà il offre cet orifice secret que j'envisageais de garder à son seul usage. J'ai envie de pleurer et il le sent. Il me prend le visage entre ses mains et ajoute :

— C'est comme ça que je t'aime ! Explorée, ouverte à d'autres, libre et légère comme moi ! Nous sommes pareils ! Laisse tes désirs oublier les convenances !

Mon anus n'est plus douloureux ni même ouvert. J'ai essayé les jours suivants d'y pénétrer mes doigts, cela m'ennuyais, je n'avais aucun plaisir. Je suis allé acheter des carottes, ce qui me semblait pouvoir le plus ressembler à un sexe masculin. Au marché, j'en ai choisi deux, en fonction de leur taille et de leur régularité. La première plus petite que la seconde. Le vendeur me regardait estimer les légumes, les prendre dans ma main, les caresser et il souriait. Il avait certainement compris qu'elles ne finiraient pas dans une casserole. Je lui ai demandé :

— Il y a beaucoup de clientes… ?

— De clientes et de clients. Les hommes préfèrent les courgettes, c'est plus volumineux !

De retour chez moi, j'ai méticuleusement enduit les carottes de lubrifiant. J'ai posé un miroir vertical devant moi et j'ai murmuré :

— Guy ! Guy ! en me concentrant sur ses yeux.

J'ai introduit la plus fine dans mon anus, elle passait sans difficulté. Le miroir me renvoyait une image étrange, celle de mes fesses ouvertes et de cet incongru sexe orange planté au milieu.

La seconde, bien plus large, m'a été plus douloureuse au passage le plus étroit. À l'intérieur, je pouvais l'enfoncer d'une dizaine de centimètres et la faire aller et venir comme une vraie queue.

Pendant la semaine qui a suivi, j'ai consciencieusement fait mes exercices, constatant de jour en jour une amélioration musculaire, comme l'on fait dans une salle de gymnastique pour des abdominaux. J'y ai même apporté quelques variations. Je regardais les objets autour de moi et imaginais la sensation d'une introduction dans mon anus. Ainsi j'ai découvert une bouteille de shampoing en plastique, le goulot légèrement arrondit et le fût parfaitement tubulaire. Accroupie sur le sol, je l'engageais en moi par le poids de mon corps et parvenais ainsi à un écartement extrême de mon anus et un cheminement plus profond. Pour la première fois, j'ai ressenti des battements dans ma chair, mon clitoris qui gonflait. J'y ai porté les mains. La bouteille occupait suffisamment d'espace pour tendre mes lèvres et me procurer du plaisir.

J'avais hâte de retrouver Guy et de lui montrer mon docile travail.

Quelques jours plus tard, Guy, dans un de ces lieux qu'il aime particulièrement, discute avec un homme debout au bar. Je suis assise sur un canapé et n'entends pas ce qu'ils se racontent. Je me concentre sur le velours rêche qui gratte mon sexe dénudé.

Guy me rejoint suivi de l'homme. C'est un type d'une quarantaine d'années, plutôt séduisant. Guy est perpétuellement en recherche esthétique. Il ne m'a jamais offerte à des hommes laids ou répugnants.

Il me prend par la main, me fait lever et m'embrasse longuement. Il me lâche et m'explique :

— Mon ami va t'aider !

Je ne comprends pas de quoi il parle et j'ai envie de lui répliquer que je n'ai pas besoin d'aide. Mais il m'entraîne vers les alcôves rouges et sombres.

Il me désigne au type et lui lance :

— Prends-en soin ! J'y tiens !

Je suis toute contente qu'il ait dit cela et il rajoute à mon intention :

— J'ai très envie de ça, fais-le pour moi, je reste près de toi !

Il m'installe sur une des banquettes, me retrousse la jupe jusqu'à la taille et sort de sa poche un tube de lubrifiant. Je ne vois rien, la tête posée sur des coussins, les fesses en l'air. Mais je sens des doigts m'enduire très délicatement l'anus. Je voudrais lui expliquer mes exercices, lui raconter comment j'ai bien ouvert mes reins, mais il ne m'en laisse pas le temps. Puis, si c'est le plaisir de Guy… !

Il s'assoit près de moi de façon à voir à la fois mon visage et mes fesses. Il m'explique encore :

— Mon ami a un sexe plus petit que le mien. Il va te pénétrer plus facilement que moi l'autre jour.

Il me pose une main sur la bouche en guise de bâillon et ajoute :

— J'ai aussi très envie de regarder ! Après je banderai encore plus.

Ce disant, il s'approche davantage et me colle une main sur sa verge. Il déboutonne sa braguette et me l'offre comme un cadeau. Je la saisis et parviens à bouger suffisamment pour la prendre dans ma bouche.

L'homme derrière moi m'écarte davantage les fesses et sans préparation s'introduit dans mon anus. Immédiatement une vague de plaisir m'inonde, je sens mon sexe ruisseler et j'ai en même temps honte d'avoir plus de plaisir que la fois précédente avec Guy.

Guy dans ma bouche s'enfonce de même. Il va et vient sur ma langue tandis que l'autre remonte dans mon ventre. Je me sens épanouie et large sans douleur aucune. Une main, je ne sais de qui, car plusieurs personnes se sont rassemblées derrière moi pour regarder, me caresse les lèvres. Quelques doigts s'introduisent en même temps dans mon sexe. Je suis prise par trois côtés à la fois et je sens une jouissance intense monter en moi. Guy gémit, les yeux ouverts et braqués sur la queue de l'autre homme qui crie :

— Vas-y, vas-y !

Mon bassin remonte vers la verge et les doigts pour s'empaler plus profondément. Je frétille, avalant le sexe de Guy, et tandis qu'il jouit dans ma bouche je bois son sperme comme le plus fin des nectars, l'autre éjacule en criant :

— Salope ! Salope !

Et il retombe sur moi. Le troisième continue ses caresses un court moment, juste assez pour apaiser le feu qui a envahi mon entrejambe. Je m'écroule à mon tour sur le ventre de Guy et de véritables larmes de plaisir coulent sur son torse.

Le mois de juillet se finit et, dans la rue, le soleil donne aux gens un je-ne-sais-quoi de langoureux. La chaleur fait voler les vestes des hommes, les manches sont retroussées, les cravates desserrées…

Les femmes se promènent nonchalantes bras et jambes nues et en petites robes dévoilant leurs gorges en des décolletés souvent vertigineux. L'été est une saison propice à l'amour, au désir. Rien n'est plus caché, et les peaux se frottant, les mains moites et les teints dorés donnent des envies de liberté.

J'ai comme tout le monde troqué mes tailleurs contre du coton léger, de la soie, des tissus que le moindre souffle d'air fait virevolter. J'ai des aspirations à la nature, aux étendues de mer et à l'air pur.

La semaine se finit tristounette et vide. Des amis m'invitent à passer le week-end avec eux dans leur maison de campagne. Mon mari est également le bienvenu, mais, comme d'habitude, il préfère s'abstenir et passer son dimanche à travailler. Cet éternel labeur me paraît de plus en plus suspect, mais je fais semblant de le croire et au fond n'y attache pas trop d'importance. Puis je serais bien mal placée pour me permettre de critiquer les faces cachées de sa vie.

Anne-Marie et son mari sont un couple parisien très au fait des expositions d'art contemporain, des représentations théâtrales et de tout ce qui tourne autour de la culture. Ils ont convié d'autres personnes. Je ne sais absolument pas qui c'est et cela m'est bien égal.

Depuis quelques semaines Guy se fait moins pressant et je me désespère à attendre un coup de fil. Je me remémore ses : Viens ! Ou : J'ai envie de toi !

Et j'accourais dans son bureau parisien. Je m'en veux d'être aussi romantique qu'une jeune fille, à espérer de ses nouvelles, à être jalouse de toutes les autres. Il me l'a pourtant fort délicatement appris :

— Je ne suis pas l'homme d'une seule femme. Tu as le droit et même le devoir, pour me plaire, de partager des moments intenses avec d'autres hommes.

— Et si je n'en ai pas envie ? lui avais-je demandé.

Il avait haussé les épaules comme pour me signifier son impuissance à me persuader.

Déjà il s'éloignait, m'oubliait volontairement. Il m'avait téléphoné il y a un mois pour me dire :

— J'ai un petit cadeau pour toi !

Dans son bureau désert à cette heure de la nuit, il m'avait reçue. Il n'était pas seul. Une femme attendait assise dans un fauteuil. J'ai d'abord pensé qu'il désirait un nouveau jeu, mais elle n'était pas son type. Un peu punk, tatouée et vêtue de noir, elle était incongrue sur le Chesterfield.

— Tu te souviens ? Je t'avais parlé d'un bijou que j'aimerais te voir porter ?

— En effet !

— Aujourd'hui, je te l'offre !

Cette annonce ne me comblait pas de bonheur. J'avais

plus ou moins compris que ses fameux bijoux étaient plus un signe de rupture que d'amour.

— Chacune d'entre vous a le même !

J'attendais debout, me demandant à quoi cela pouvait ressembler. J'optais pour un bracelet, une sorte de fine chaîne signifiant l'acceptation de bien des choses pour le satisfaire. Un symbole d'appartenance au-delà du temps.

Il m'a embrassée, et m'a déshabillée. J'avais complètement oublié la femme sur le fauteuil. Il a mordu mes seins très fort, a laissé sa langue parcourir mon ventre jusqu'au pubis. Il m'a prise dans ses bras et m'a ployée jusqu'au canapé. Vêtue seulement de mes bas, les cuisses écartées, il me léchait délicieusement.

Il s'est redressé et a dit à la femme :

— Venez voir !

Tous deux se sont accroupis entre mes cuisses. Il a saisi ma lèvre droite entre ses doigts et a tiré dessus.

— Ici !

Je n'ai pas bronché. J'avais compris et je désirais ce bijou.

La femme a pris une pointe d'acier dans une petite trousse, l'a désinfectée dans un liquide. Tandis que Guy se plaçait derrière moi et me tenait vigoureusement. Elle a transpercé ma chair. J'ai hurlé de douleur et de bonheur aussi. Souffrir entre les mains de Guy me procura un orgasme. Tandis que les larmes coulaient sur mes joues, elle a ajusté le bijou. Je ne voyais rien, mais je savais la marque de Guy incrustée dans ma chair. Elle m'a dit :

— Il faut désinfecter pendant un mois !

Puis Guy l'a raccompagnée à la porte. À son retour j'étais toujours les jambes ouvertes. Guy a décroché un miroir et l'a approché de mon sexe.

— Regarde !

Un anneau plat en or, serti d'une minuscule pierre rouge, ornait maintenant ma lèvre. J'avais terriblement mal mais je souriais.

— C'est joli !

— Comme cela tous les hommes sauront que tu m'appartiens !

Guy a posé le miroir et a dégrafé son pantalon. Il m'a pénétré par le chemin qu'il avait tant désiré agrandir :

— Je ne veux pas te blesser davantage !

Moi, le sexe en feu, et des larmes plein les yeux, je me suis concentrée sur sa queue violente qui me labourait l'anus. Il a très vite joui et m'a dit :

— Tu n'es pas assez ouverte !

Il a contemplé encore une fois le bijou et j'ai eu le sentiment que notre histoire se terminait. Il était lassé de moi, mais je restais à sa disposition. Je n'avais pas à le supplier, à lui faire une scène. Je devais maintenant lui prouver que j'étais digne de lui et de son sexe.

Heureusement ma vie sexuelle conjugale se limite à un vulgaire accouplement, et jusqu'à présent mon mari ne s'est pas aperçu de la présence de cet anneau incongru. Je laisse les poils repousser et le bijou est si petit qu'il disparaît dans ma toison. J'ai cicatrisé et l'anneau est serti dans la chair tout autour. Je ne peux plus l'enlever.

Pour ce week-end, je n'aspire qu'à m'étendre sur une chaise longue, me baigner dans la piscine et bavarder avec Anne-Marie, pendant d'interminables petits déjeuners.

Je rejoins la maison de mon amie dès le samedi matin. Nous avons décidé de tout préparer ensemble et nous nous retrouvons à agrémenter cette vieille demeure de bouquets de fleurs cueillies dans le jardin. Il y a un magnifique rosier ancien grimpant sur la façade. Chaque bouton est un délice de pétales rose pâle et leur odeur est entêtante. Les quatre chambres sont ainsi ornées de vases de porcelaine en accord avec les couvre-lits de boutis et les meubles de bois clair.

Nous bavardons toutes les deux et ne voyons pas le temps passer. Anne-Marie vit à Paris, et lorsque je rejoins Guy elle me sert de couverture. Notre complicité remonte aux années de collège.

Nous déjeunons sur un coin de table de fruits et de fromage. Anne-Marie m'explique :

— Un couple d'artistes tchèques et une relation de mon mari arrivent par le train de deux heures et je ne vais pas tarder à aller les chercher à la gare.

Elle ajoute :

— Je crois que tu le connais !

Devant mon air interrogatif, elle rit en me lançant :

— Guy ! Je t'assure que je n'ai pas fait exprès ! Ce matin Pierre m'a informé de sa présence. Pierre arrivera plus tard avec l'autre personne, des relations professionnelles !

Anne-Marie est au courant de ma liaison avec Guy mais elle est persuadée qu'il s'agit d'une histoire classique, elle ne se doute absolument pas de l'âme de libertin de Guy. Je ne lui en ai jamais parlé, persuadée de la choquer.

Je suis gênée, très gênée. J'ai promis à Guy de ne pas me mêler de sa vie privée et il va croire à une manigance de ma part pour le revoir.

De plus, lui seul peut rompre son silence, il en a décidé ainsi.

Je demande à Anne-Marie :

— Et… il est seul ?

— Mais oui !

Mon amie part accueillir ses invités à la gare la plus proche. Chaque minute d'attente fait croître mon anxiété. Pour passer le temps, je me promène dans la vaste et ancienne demeure.

C'est une bâtisse immense aux pièces voûtées, sur la façade une glycine et des rosiers ont grimpé, devant la maison un parc clos de grands murs offre l'ombre de vieux platanes se reflétant dans l'eau de la piscine.

Je ne profite pas de la beauté des lieux, la pensée de Guy m'obsède. Je ne voudrais que le satisfaire et…

La grille s'ouvre en couinant et j'entends la voiture d'Anne-Marie se garer. J'ai une terrible envie de m'enfuir. Telle une enfant, je grimpe les escaliers quatre à quatre jusqu'à ma chambre pour me cacher. Je risque un œil discret par la fenêtre. Guy est debout dans la cour, seul et magnifique, éternellement en noir.

J'attends un moment avant de me décider à descendre, je compte machinalement les marches du grand escalier pour tenter de réprimer les battements de mon cœur.

Anne-Marie m'aperçoit et m'appelle pour me présenter à ses invités. Je sens le regard de Guy sur moi et quand enfin j'ose lever les yeux je découvre de la surprise mais aussi du contentement dans ses prunelles. Il ne me dit rien, et, le sourire enjôleur, il suit Anne-Marie jusqu'à l'étage pour déposer son sac dans sa chambre.

Un peu plus tard Pierre arrive à son tour en compagnie d'un autre homme, Guy en profite pour m'entraîner dans le couloir :

Il m'embrasse et me demande :

— Comment as-tu fait ?

Je ne réponds pas et serre contre moi ce grand corps familier.

Il ajoute :

— Je ne crois pas que nous ayons l'occasion de nous voir seuls.

Et comme un avertissement :

— Il me faut être très discret !

Il rejoint les autres et me laisse vaguement déçue. Mais avec la ferme intention de trouver toutes les ruses possibles pour l'obliger à me désirer, et ne pouvoir résister.

Je monte dans ma chambre enfiler mon maillot de bain pour goûter l'eau de la piscine. Je m'enveloppe dans une grande serviette et par l'escalier de service rejoins le jardin. De l'autre côté de la pelouse, je vois Guy en grande discussion avec Pierre. Anne-Marie me fait signe et me crie que l'eau est divine. Tous tournent la tête vers moi.

Je laisse glisser la serviette et, seulement vêtue de mon maillot une pièce, je me dirige vers le bassin.

Je sais qu'il me regarde et lentement je me retourne. Mon maillot sobre sur le devant se réduit dans le dos à sa plus simple expression, il n'est qu'un fin morceau de tissu dégageant mes fesses et en faisant ressortir leur volume. Deux petites bretelles retiennent le tout.

Personne ne le voit, mais j'ai pris soin dans ma salle de bains de raser mon sexe pour mettre l'anneau d'or en évidence. Je le sens en marchant frotter contre mon clitoris.

J'attends la nuit !

Ma chambre au bout du long couloir ouvre par une minuscule fenêtre sur le jardin. De l'autre côté du corridor, Guy a été installé. Cet étage peu utilisé sent la cire des meubles et la poussière. Il y a quelque chose de désuet et oublié du temps.

Guy est un des premiers à aller se coucher. Je reste encore plus d'une heure à discuter autour d'une tisane. Lorsque, enfin, je monte à mon tour. Je trottine jusqu'à ma chambre et reviens furtivement. Sur la pointe des pieds je gratte doucement à sa porte. Il m'ouvre et je me love dans ses bras.

— Arrête ! Je te l'ai déjà dit ! Je ne joue pas et je te demande encore une fois d'être discrète !

— Pourquoi ?

— Je n'ai pas envie de t'expliquer ! Tu as toujours le bijou ?

— Bien sûr ! Tu veux le voir ?

Déjà je défais ma jupe mais il m'arrête en posant un bras sur ma taille.

— Va te coucher !

Et il me glisse la main entre les jambes et agrippe l'anneau d'or en tirant légèrement dessus pour me faire mal. Je me tais, jouissant du geste. Il referme sa porte et moi, obéissante, je réintègre ma chambre, me déshabille et me glisse dans mon lit. La pensée de le savoir si proche m'empêche de dormir.

Je me lève, la maison est silencieuse, pieds nus, seulement vêtue d'un kimono brodé de dragons multicolores, je descends au rez-de-chaussée et pousse la porte-fenêtre donnant sur le jardin. L'air embaume le chèvrefeuille, la douceur de la nuit me donne envie de me baigner. La piscine brille, éclairée par le clair de lune. Je pose mon kimono sur une chaise longue et me glisse dans l'eau sans bruit.

Nager me détend. Je lève les yeux vers la fenêtre de la chambre de Guy afin de vérifier que la lumière est bien éteinte. Je sors de l'eau et m'assois sur le rebord de pierre pour me sécher dans un rayon de lune. Une odeur de tabac m'avertit d'une présence.

Sur une des chaises longues, un homme fume en silence.

C'est l'autre invité arrivé dans l'après-midi. Je l'ai à peine croisé, à peine regardé. Je ne sais pas depuis combien de temps il m'observe, je ne l'ai pas entendu arriver. Je demeure surprise et ne cherche même pas à dissimuler ma nudité.

— Pardonnez-moi, je ne voulais pas vous effrayer, me dit-il.

Il se lève et s'installe à mes côtés, sur la margelle du bassin.

— Je ne m'attendais pas à vous trouver là !

— Vous espériez peut-être quelqu'un d'autre ?

— Non, personne !

— Alors pourquoi me fuir depuis le début de l'après-midi ?

Je frissonne et serre mes genoux entre mes bras. Je fais mine d'aller me rhabiller.

— Attendez !

Il tend la main et attrape une serviette oubliée et me frotte le dos avec.

J'ai un geste de recul, puis je le laisse me frictionner.

Il sèche maintenant une eau imaginaire sur mes épaules. Je vois son regard briller dans la nuit. Il pose ses lèvres dans mon cou et je soupire. Il prend ce soupir pour une acceptation. Je ne peux tout de même pas lui dire : « C'est pas toi que je veux ! C'est l'autre là-haut, qui m'ignore et que je désire ! » Ses bras m'enserrent la taille. J'ai à la fois l'envie de me coller à lui et celle de m'enfuir.

Je me dégage et lui demande une cigarette. Il prend dans sa poche une petite boîte métallique contenant du tabac et un morceau de résine brunâtre. Il prépare une épaisse cigarette, l'allume et me la passe. C'est la première fois et j'hésite. La fumée âcre envahie mes poumons et embrume mon esprit. Il se penche sur moi, m'embrasse longuement. Sa bouche a le même goût de fumée. Je sens sa langue quitter mes lèvres et descendre le long de mon cou jusqu'à ma poitrine. Je ferme les yeux, appuyée sur mes bras, le buste en arrière et les seins offerts. Il suce le bout d'un téton, puis l'autre, comme s'il ne parvenait pas à se décider.

Il me pousse légèrement pour me basculer dans l'herbe. La fraîcheur de la rosée nocturne me refroidit le dos et les petits cailloux me piquent. Sa main caresse mon ventre jusqu'au pubis. Il force mes cuisses serrées et les ouvre. De son genou, il les maintient écartées. Il trempe ses doigts dans l'eau de la piscine et les passe froids entre mes lèvres. Il bute sur l'anneau d'or et profite de la lune pour regarder attentivement. Il émet un sifflement appréciateur mais ne fait aucun commentaire.

Il m'enjambe et s'appuie de tout son poids sur moi. La rugosité de son pantalon me frotte le sexe, l'écrase. Les yeux fermés j'imagine à la fois Guy regardant par la fenêtre et Guy sur moi, comme un animal furieux tentant de me pénétrer. L'homme casse le charme en me murmurant à l'oreille :

— Allons sous les arbres, ici on peut nous voir !

Instinctivement je lève les yeux vers la fenêtre toujours fermée de Guy. La lumière est maintenant allumée !

Je me redresse et, au lieu de suivre l'homme, je monte directement dans ma chambre. Il me suit et, arrivé devant ma porte, je la lui claque au nez. Je l'entends grommeler, je me couche et m'endors aussitôt.

Je rêve qu'un homme entre sans bruits dans ma chambre, il se couche près de moi. Je suis allongée en chien de fusil et il se colle à mon dos. Je sens son souffle dans mon cou, la dureté de son sexe sur mes reins. Délicatement, il pousse ma cuisse en avant, dégageant complètement mon sexe. Ses gestes sont lents et souples. Il glisse sa main. Doucement caresse mon clitoris, ses doigts m'effleurent comme un papillon. Puis il m'écarte davantage les lèvres et y engage un doigt, puis deux, puis trois. Il les avance et les retire de mon ventre comme une verge. Je ne sais plus si je rêve ou suis éveillée.

Je reste inerte de peur de briser ce songe. Je ne perçois plus le corps contre moi, quelque chose de plus fort, de plus large me pénètre. Cette chose n'appartient à personne et flotte dans les airs. Elle s'enfonce dans mon ventre. Je flotte avec, si trempée qu'elle glisse immédiatement jusqu'au plus profond de moi. Des mains m'agrippent enfin les hanches. Ce n'est pas la verge qui va et vient en moi mais les mains qui me tirent et me poussent autour de la verge. Je suis devenue un gadget de jouissance acheté dans un sex-shop. L'homme se masturbe avec moi. Je suis dans un état d'excitation si terrible que j'oublie ma somnolence et attrape l'homme au-dessus de moi et l'aide à s'enfouir encore plus extrêmement.

Je suis tellement sûre de faire l'amour avec Guy. Je me raconte qu'il a changé d'avis et me fait une petite visite nocturne.

Les yeux ouverts, je discerne sa silhouette. Mon odorat et mon esprit sont confus, le cannabis m'empêche de le reconnaître vraiment. Je jouis presque au même moment que lui et le cerveau embrumé, je m'endors immédiatement.

Au matin, je suis seule et j'ai mal à la tête. Je maudis la drogue fumée la veille et je m'observe dans un miroir. J'ai une mine de papier mâché et des cernes me mangent la figure. Je dissimule mes ébats nocturnes sous une épaisse couche de fond de teint et des lunettes de soleil. J'ai la sensation d'avoir rêver toute la nuit, pourtant mon sexe est encore trempé de sperme.

Je rejoins les autres sur la terrasse pour prendre mon petit déjeuner. Guy et l'homme sont attablés et me regardent arriver en souriant. Le plus violent des doutes s'empare de moi.

Je ne sais plus lequel des deux est venu dans mon lit et m'a prise si fort. J'observe l'un, puis l'autre, me demandant s'ils ne sont pas complices. Connaissant Guy et son goût pour les situations étranges…

Plus tard dans la matinée, je décide d'aller me promener dans la campagne environnante. Je contourne le village et rejoins à travers champs une vieille tour en ruine que j'apercevais depuis la maison et qui m'intriguait.

Je m'assois derrière un mur et, au soleil comme un lézard, je ferme les yeux pour repenser à cette incroyable nuit.

Je m'étends au milieu des herbes, l'air sent la menthe poivrée. Je glisse un bras sous ma tête et, recroquevillée à l'abri de la ruine, je sommeille. J'entends un pas et la silhouette de Guy me cache un instant le soleil. Il se laisse tomber à côté de moi. Je fais semblant de dormir. Une abeille bourdonne, au loin, un chien aboie, tout est délicieusement calme. Guy est immobile, observant autour de lui. Je guette ses moindres gestes.

Enfin rassuré et sûr de notre solitude, il soulève doucement ma robe, dégage mes cuisses et mes fesses nues.

Son regard contourne ma croupe et sa main se pose délicatement dessus afin de ne pas me réveiller.

Elle se faufile entre mes cuisses et, pendant qu'un doigt s'introduit en moi, un autre recherche mon clitoris. La nervosité de sa main traduit son excitation. Je reste immobile. J'écoute le bruit de sa ceinture qu'il dégrafe, le crissement du tissu froissé. Sa verge cherche un peu, pousse mes cuisses fermées et me pénètre sans autre forme d'approche. Ma position me rend étroite comme une jeune fille et sa queue dans mon ventre me semble démesurée.

Comme pendant la nuit, je la sens aller et venir, une seule main me tient la taille. J'écarte un peu mes cuisses pour laisser son sexe s'enfoncer plus vigoureusement en moi mais sa main les repousse serrées. Le passage est limité et je coince mes poings contre une pierre du vieux mur pour rendre mon corps plus rigide et résister à la poussée de ses reins. Je me contracte pour lui donner l'impression de saisir sa verge, de la tenir en moi, comme prise dans un étau.

Lorsque je sens sa jouissance proche, je me détends soudainement et sa queue me pénètre brutalement et va buter au fond de mon ventre, m'arrachant un cri. Il éjacule si fort que sa chaleur m'envahit et je gémis. Rien n'est plus satisfaisant que le plaisir d'un homme, sa perte de contrôle et l'amour immense voué à celle qui obtient ce miracle. Une impression d'insolente passion, de premier jour du monde et d'une naissance. Dieu que j'aime un homme jouissant !

Nous restons un moment à écouter les abeilles aller de fleur en fleur dans l'odeur puissante des herbes écrasées par nos corps.

Il me murmure :

— Je ne voulais plus ! Cette fois c'est toi qui l'a décidé !

Je veux le questionner sur cette nuit mais il me met un doigt sur la bouche.

Il caresse l'anneau d'or en souriant et ajoute :

— Penser à toi, nue sous tes robes avec mon bijou…

Chaque fois est si différente, impossible à reproduire. L'homme de cette nuit pouvait aussi bien être Guy que n'importe qui. Finalement Guy a raison lorsqu'il m'explique :

— L'important, c'est l'instant, et que le reste n'est que foutaises !

Je boude ! Il me fait trop attendre. Je suis venue à Paris pour le voir et je passe mon temps le portable devant mes yeux à espérer un message ou un coup de fil. J'ai pris une décision : je m'en vais !

J'ai téléphoné à Guy et comme il était sur messagerie lui ai débité tout mon ras-le-bol.

Maintenant, je suis assise sur mon sac dans un couloir du train. Je n'avais pas de réservation et évidemment nous sommes un jour stratégique dans les chassés-croisés des vacances. Nous somme plusieurs à attendre le passage du contrôleur en espérant un siège libre. Il fait chaud et ma robe colle à ma peau. Il y a une humidité dans l'air qui me fait rêver à des destinations exotiques.

J'en suis loin ! Je regarde sans les voir les immeubles s'espacer et la campagne débuter. Le contrôleur arrive enfin et s'occupe de moi en premier. J'entends quelques grognements autour de moi. Il me dit :

— Vous avez de la chance, il me reste une place juste là dans cette voiture.

Et il me désigne quelques fauteuils à côté de la porte de séparation du wagon-bar.

J'enfouis mon sac de voyage au milieu d'autres dans l'emplacement réservé à cet effet. J'ai acheté un magazine que je feuillette distraitement. Rien ne m'intéresse sauf Guy. Je l'ai laissé occupé à je ne sais quoi à Paris. Depuis notre week-end à la campagne, je n'ai pas réussi à le rencontrer. Ce sont des « Peut-être ! » qui me font courir pour rien, pleine d'espoir et de déception. J'essaie de me raisonner, de comprendre sa façon de penser. Il ne m'a jamais parlé d'amour mais de jouissance, il ne m'a jamais fait espérer autre chose que du plaisir... J'ai l'impression d'être un enfant sachant à peine mettre un pied devant l'autre et qui a été lâché dans la nature à des kilomètres de sa maison. Guy m'a montré le chemin mais j'ai du mal à avancer. La seule jouissance possible avec lui serait maintenant d'être maîtresse de mon corps et l'initiatrice de ses pulsions et de ses désirs. Je veux pouvoir lui raconter des choses extraordinaires, des rencontres remarquables et des jouissances inconnues.

De l'autre côté de la rangée de fauteuils, un homme m'observe. Il transpire et son visage luit. Je détourne les yeux et contemple un moment le paysage défilant à travers la fenêtre et songe à l'ennuie de passer plusieurs heures dans ce train.

Pour m'occuper, je dévisage les autres voyageurs autour de moi. Je joue à imaginer qui ils sont, où ils vont et pourquoi. Puis je me félicite de la proximité du wagon-bar. À chaque voyage, j'y passe une heure ou deux. J'y fais des rencontres souvent agréables, des hommes surtout avec lesquels j'échange quelques mots, quelques sourires. J'adore me mettre dans un coin et fixer chaque nouvel arrivant. Je le regarde dans les yeux jusqu'à ce qu'il baisse les siens, troublé. Puis je contemple de biais les moins dégourdis qui finissent inévitablement par renverser leur café. Les plus habiles m'invitent.

À travers la porte vitrée, je distingue presque tout ce qui se passe dans le bar. Sans arrêt des gens vont et viennent. Tous défilent devant mon siège, et quand la porte automatique s'ouvre j'ai le temps d'y jeter un regard plus profond. Je suis déjà lassée de ce petit jeu. À cette heure, ce sont essentiellement des familles et des enfants commandant de l'eau et repartant à leur place.

Un homme juste en face de moi s'accoude au comptoir. Deux mètres à peine nous séparent. Il a de l'allure. Il ne ressemble ni aux touristes ni aux voyageurs habituels. Il a cette séduisante élégance méditerranéenne, ce raffinement et cette nonchalance craquants. Vêtu de noir et chemise blanche à la manière de Guy. C'est peut-être cela aussi qui m'attire ? Serais-je en train de chercher Guy dans d'autres hommes ? Est-ce à ce prix que le désir doit naître ?

Je ne regarderai plus que les danseurs de tango argentin et les Italiens des films des années cinquante ?

La porte close en verre est coupée à mi-hauteur par une inscription publicitaire m'empêchant de voir son visage.

J'attends la prochaine personne allant au bar pour que l'accès s'ouvre et me laisse le contempler en entier.

Je crains la déception. Le corps me plaît mais tout est dans le regard. Je rêve un instant d'œil si noir que l'on ne distingue pas la pupille, et je me reprends. Je dois m'efforcer de ranger Guy dans un tiroir de ma mémoire.

L'homme assis de l'autre côté de l'allée a le regard braqué sur moi. Sa femme lui parle et il lui répond sans tourner la tête. Je pense : « Guy, tu vois, c'est facile ! N'importe quel homme est désireux d'une femme disponible ! Est-ce qu'une aventure minable t'exciterait ? Si ce n'est que le fait de me donner au premier venu, de laisser mon corps oublier ton empreinte avec le sexe d'un autre... »

La porte se rouvre :

L'homme du bar à la peau mate et des yeux d'un vert étonnant. Debout devant une tablette, il boit une bière et regarde au loin le paysage défilant.

La porte se referme.

La porte s'ouvre de nouveau.

Je le fixe jusqu'à ce qu'il sente mon regard et détourne son attention de la fenêtre. Ses yeux s'immobilisent sur moi.

La porte se referme.

Je songe alors à une histoire qui m'est arrivée il y a quelques années. J'étais dans le Talgo, le train rapide qui relie Barcelone à Saragosse. Il n'y avait pas grand monde dans le wagon et je m'étais allongée sur deux sièges à la fois. Comme aujourd'hui je m'ennuyais et, la tête posée sur mon sac, je regardais les nuages défiler par la fenêtre, les poteaux télégraphiques se succéder... Au-dessus de moi, et tout le long du wagon, il y avait des casiers de rangement à bagages. Ils étaient munis de tablettes en plexiglas dans lesquelles les passagers assis sur la même rangée se reflétaient comme dans un miroir.

Mon regard s'est posé là-haut par hasard. Deux fauteuils plus loin, un homme lisait une bande dessinée ou un roman-photo. De ma place, je distinguais des images en couleurs avec des bulles comme sur les anciens magazines.

L'homme était immobile, la tête légèrement penchée en avant et la bouche ouverte. Sa lecture le captivait. Il avait l'air d'un ouvrier agricole, un grand sac en plastique posé à côté de lui.

Il ne se doute pas que je l'observe et ce petit jeu m'amuse.

Tout à coup, il pose sa revue sur le siège resté vide à côté de lui et se redresse. Il tourne son buste vers le couloir et se penche pour s'assurer qu'il n'y a personne. Son manège m'intrigue et je m'enfonce dans mon fauteuil pour me rendre invisible. Entre deux accoudoirs, le visage tourné vers le haut, j'épie son image dans la tablette-miroir de plexiglas.

Il défait la fermeture éclair de son pantalon, un velours râpé comme on en fait plus depuis vingt ans, et incline son buste en avant pour regarder entre ses jambes. Il dégage sa verge, arrondit sa main autour, pose la revue en face sur la tablette du fauteuil et, comme un chien pressé, se masturbe. De temps en temps il tourne la tête vers le couloir, guettant le moindre bruit.

Le Talgo continuait sa route.

Son sexe, parfaitement visible, est rouge et trapu comme son maître. Il accélère le mouvement et je l'entends respirer fort. Je vois distinctement son gland disparaître dans sa main et réapparaître.

Il a poussé un petit grognement et son sperme a jailli par saccades, inondant sa main et dégoulinant le long de sa manche.

Il a contemplé un moment son œuvre, a agité ses doigts gluants et, satisfait, s'est essuyé aux rideaux du train.

Il a refermé sa braguette, et quelques minutes plus tard il ronflait.

Cette scène était à l'opposé de l'érotisme et je ne l'ai jamais racontée à Guy. J'étais écœurée et cette vision fugace ne m'a procuré aucune excitation.

L'évocation de cet homme se croyant seul, renversé dans un miroir comme un valet de cœur sur une carte à jouer, était étonnante. J'y avais assisté sans son consentement et je me demande si nous sommes tous aussi laids lorsque nous nous masturbons. Je revois Guy, sa verge à la main, la caressant doucement pour me l'offrir… Non ! Ce n'est pas pareil !

Dans le train, la nuit tombe mais la chaleur est toujours intense. Le bel inconnu du wagon-bar attend. Son corps est imperceptiblement tourné vers le compartiment où je suis assise. Les clients se font plus rares. Enfin une femme s'avance vers le sas.

La porte s'ouvre.

L'homme considère mon visage puis mon décolleté. J'aime être regardée, soupesée, estimée… La pointe de mes seins est arrogante sous ma robe fleurie. Il le découvre et un imperceptible sourire éclaire son visage. En quelques secondes une forte tension s'établie entre nous. Je ne perçois pas son sexe derrière la tablette mais je sais qu'il bande.

La porte se referme.

Je me campe dans une pose plus lascive. Mon voisin de couloir m'observe. Il lorgne ma poitrine. Je laisse glisser une des fines bretelles de ma robe. Mon épaule est nue jusqu'au creux de mes seins.

La porte se rouvre :

L'inconnu en face contemple mon épaule dévêtue. Il hoche la tête en signe d'appréciation. Je lui souris et il me sourit à son tour. Quel éblouissement ! Une publicité pour dentifrice : des dents régulières et blanches illuminent son teint mat. Un très bel homme !

Il me fait un clin d'œil comme en font les mâles dans les rues de Naples ou d'Athènes.

Je connais parfaitement les codes de ce langage. Il me dit : « Tu me plais ! »

Je lui lance un regard proche de l'extase et détourne immédiatement les yeux vers la fenêtre pour lui expliquer :

« Insiste, ça vaut le coup ! »

J'ai compris, avec Guy, qu'il est toujours préférable de laisser croire aux hommes, surtout aux Méditerranéens, qu'ils sont maîtres de leur choix.

C'est eux les maîtres de leur séduction, c'est eux qui choisissent… même si ce n'est pas vrai ! J'ai décidé, mais si l'on demandait à Guy il répondrait m'avoir difficilement débauchée.

La fois suivante, lorsque la porte s'ouvre, le premier bouton de ma robe est défait. De l'autre côté du couloir mon voisin a enfin accepté que ce jeu ne soit pas pour lui. Il a surpris nos regards et, maintenant, il nous guette. À ses côtés, sa femme dort et il s'efforce de ne pas la réveiller, heureux d'être témoin d'une scène le troublant.

L'inconnu du bar remarque immédiatement ma robe entrouverte. Il me dit quelque chose que je ne comprends pas à cause du bruit du train. Ce doit être une invitation. Je le lis dans ses yeux. Je lui souris de nouveau.

La porte se ferme.

Quand elle se rouvre, il me dit encore quelque chose et l'accompagne d'un geste de la main. Je ne réponds pas et devant lui croise mes jambes de façon que le tissu de ma robe tombe sur le côté et dévoile mes cuisses très haut.

À la troisième tentative, je me lève et me dirige vers le bar. La température refroidie par une climatisation y est plus agréable, de plus le wagon est quasiment vide.

Je me poste en face de lui de l'autre côté de la table, debout, les coudes posés sur le plastique, le menton dans les mains. De près, il est à peine différent, peut-être un peu plus âgé que je ne l'avais cru.

Il doit avoir à peu près cinquante-cinq ans. Il a des mains fines et soignées, une montre Cartier, une chevalière en or au médium de la main gauche et autour du cou une chaîne. Il m'explique :

— Je vis au Canada depuis vingt ans !

— Canadien ? Vous ?

— Non ! Bien sûr, je suis d'origine kabyle mais c'est bien loin !

— Je pensais bien que vos origines étaient méditerranéennes !

— Tu aimes ?

— À votre avis ?

Il a conservé la manière orientale de s'exprimer et me tutoie immédiatement.

— Tu vis où ?

— À Paris ! Je voyage pour mon travail ! je lui mens.

— Un café ?

Nous regardons sachant très bien lire le désir dans les pensées de l'autre. Des gens arrivent et s'installent près de nous, ils sont bruyants et agités. Ils prennent tant de place qu'ils me poussent jusqu'au bout du comptoir. Je le contourne et m'installe à côté de l'homme. Le train amorce une courbe et je me laisse glisser vers lui comme si je perdais l'équilibre. Il m'attrape par la taille en riant et me passe une main sur les reins. Il me caresse jusqu'aux fesses qu'il pétrit entre ses doigts. Je frémis comme une chatte en chaleur. J'ai un peu honte de moi, mais aussitôt l'image de Guy apparaît dans mon esprit et me susurre : « Tu as raison, c'est ainsi que tu dois agir ! »

Un autre virage le rapproche un peu plus de moi. Sous le comptoir, il pose sa main sur mon ventre et descend jusqu'au pubis. D'un geste brusque comme s'il se retenait pour ne pas tomber, il passe ses doigts entre mes cuisses et s'y cramponne. Sous la pression mon corps suit le mouvement et lui prouve sa satisfaction.

Il me prend dans ses bras et me guide afin de me coller contre la paroi entre lui et la fenêtre, dans un coin. Il se tient debout, contre moi. Je surprends sur ma hanche la dureté de sa verge. Il la frotte doucement sur mon ventre. J'ai à la fois la crainte d'être découverte et un plaisir fou à braver les convenances.

Je pose une main sur sa cuisse et remonte entre ses jambes. Sa queue se dresse libre sous son pantalon léger. Je la caresse et m'immobilise sur ce gland impatient sous mes doigts. Lorsqu'il est très attisé, je m'écarte de lui. Il se penche sur moi et me murmure :

— Une femme… dans un train… c'est la première fois…

Il a l'air très déconcerté.

— Toi alors ! Toi alors ! répète-t-il

Profitant d'un groupe de touristes se précipitant au bar, il passe sa main sous ma robe. Ses caresses directes sont celles d'un homme qui ne perd pas de temps. Il se faufile sous ma jupe, stoppe un instant en découvrant que je ne porte pas de sous-vêtement et me pénètre de ses doigts. Un soupir s'échappe de ma gorge. Lui respire plus fort, mon sexe est humide et sa main m'écrase le clitoris. Ma tête cogne sur la vitre. Je regarde dehors quelques lumières d'un village vite dépassé et mon image se confondant avec le noir du paysage. Il reste immobile, ses doigts enfoncés dans mon ventre. Il me demande :

— Tu voyages souvent ?

— Pas assez, je lui réponds dans un souffle.

Personne ne fait attention à nous.

J'ai le désir de bouger autour de ses doigts. L'envie d'une sensation plus profonde, plus violente. Comme s'il lisait dans mes pensées, il introduit deux doigts de plus et les enfonce en tournant la main qui disparaît presque entièrement dans mon ventre. J'ai envie de hurler tant il me fait mal, l'impression de ma chair se déchirant. Je serre les dents et il continue. De la sueur coule le long de mon cou et un plaisir immense m'envahit. Je suis proche de la jouissance, cette main d'homme enfoncée en moi au milieu d'un bar. Il ferme ses doigts à l'intérieur et tourne son poing. Je m'agrippe à lui :

— Arrête ! C'est trop !

Il retire ses doigts et me serre contre lui. Mon cœur bat entre mes jambes et mon sexe se contracte en réclamant encore. Je désire sa queue et, trempée et impatiente, je vacille. Je ne puis plus retourner m'asseoir à ma place. S'il me lâche je crois que je m'assouvirais avec n'importe quel objet, même avec mon voisin de rangée que je distingue à travers la vitre, congestionné et rouge dans son fauteuil. De sa place, il surprend nos gestes sous le comptoir et n'en perd pas une miette.

Il m'ordonne :

— Suis-moi !

Il traverse le bar et le compartiment suivant. Je suis à quelques pas de lui. En marchant, je frotte mes cuisses l'une contre l'autre pour sentir mon sexe et prolonger cette chaleur sur mon clitoris.

De nombreux voyageurs dorment. Le train est plus calme.

Il ouvre la porte des toilettes et je m'y engouffre à sa suite. Il tire soigneusement le verrou, me soulève et m'assoit sur le lavabo. Il déboutonne ma robe, extirpe mes seins de mon soutien-gorge et les embrasse à pleine bouche, mordille les tétons, les lèche goulûment. Son sexe est exactement à la hauteur du lavabo. Sans cesser de me lécher, il défait son pantalon, m'appuie un pied sur la poignée de la porte et l'autre contre la paroi de métal.

Il saisit son pénis à deux mains, le pose entre mes cuisses, attrape mes jambes et d'un coup de bassin pénètre jusqu'au fond de mon ventre. Je ne peux pas bouger. Dans mon dos le robinet m'endolorit et la froideur de la céramique tétanise mes fesses. Il va et vient, s'introduit chaque fois jusqu'au bout et bute contre ma chair. Chaque coup extrême lui extorque un gémissement.

Sa verge est large et ronde et me remplit totalement. Il lâche mes cuisses et de ses mains m'écarte les lèvres découvrant mon clitoris qu'il broie entre deux doigts. Je crie.

Il frotte son ventre contre mon sexe ouvert et ses poils irritent mon clitoris. Je ne serai pas longue à jouir. Il s'en aperçoit et modère son ardeur, s'éloigne un peu de moi.

Il regarde entre mes jambes son sexe dans le mien. Il se penche et découvre l'anneau d'or et laisse échapper un Oh ! de ravissement.

Il caresse mes cuisses, remonte le sillon de mes fesses puis porte ses doigts à sa bouche et les ramène humides. Brutalement, comme il l'avait fait pour mon sexe, ses doigts regroupés me pénètrent l'anus.

Je crie à la fois de douleur et de plaisir. Il précipite le rythme et coordonne sa main et sa verge. Je suis empalée sur quatre de ses phalanges fouillant mon ventre et sur sa queue. La cloison de métal lisse reflète mon image écartelée.

Il accélère et jouit juste après moi. Des tremblements me parcourent de la tête aux pieds. Et nous restons l'un dans l'autre incapables de reprendre nos esprits. Le train aurait pu dérailler, nous ne nous en serions pas aperçus.

Je retourne à ma place, et lui dans son wagon. Mes jambes ne me tiennent plus. Mon sexe et mon anus sont béants, je m'affale sur mon siège. Mon voisin a le regard inquisiteur. Il observe mes cheveux défaits et hoche la tête en signe d'approbation.

Le soleil en hiver est un rêve. Par hasard, à Paris il y a quinze jours, j'ai rencontré Leïla.

Je la connais depuis les années du collège. Anne-Marie, Leïla et moi étions d'inséparables camarades, toujours prêtes à papoter, à se retrouver au bar en face du bahut. Nous avons fumé ensemble nos premières cigarettes, maquillé nos yeux et regardé les garçons.

Par la suite, chacune a rejoint son giron familial : Anne-Marie a épousé Pierre, Leïla est rentré en Tunisie chez ses parents, riches industriels de Carthage, et moi, après avoir passé quelques années à la Sorbonne, je me suis isolée avec mon politique de mari pour une existence que je m'imaginais originale.

Leïla a rapporté dans ses bagages un fiancé breton et ingénieur. Je savais par Anne-Marie qu'il s'était complètement adapté au pays et qu'il avait réussi une parfaite reconversion des entreprises de son beau-père en un véritable groupe industriel.

Leïla avait trouvé un mari et moi perdu de vue une amie.

Cette rencontre fortuite dans un grand magasin parisien au rayon des cosmétiques est un vrai bonheur. J'examinais un mascara, elle un rouge à lèvres, et nos images se sont croisées dans un miroir.

Leïla retournait chez elle deux jours plus tard et ne pouvais pas s'attarder. Elle m'a proposé de la rejoindre pour passer des vacances à Tunis.

— Nous aurons le temps de nous reconnaître et je te ferais découvrir des spécialités de chez moi !

— Quel genre ?

Je pensais à de la gastronomie et succombais déjà sous un imposant couscous.

— Les parfums, le hammam…

Ces retrouvailles tombent à pic : je tourne en rond chez moi, incapable de m'intéresser à quoi que ce soit. Chez moi tout est fade, surtout mon mari, et à Paris le souvenir de Guy me hante, trop cuisant. Je veux absolument tenter de m'en défaire.

Ces derniers temps nos rencontres se sont encore plus espacées. Je dois absolument me rendre à l'évidence : je ne l'intéresse plus !

— Un libertin ! Je suis un libertin et je ne te l'ai jamais caché !

— J'ai envie de toi !

— Parfois je te satisferai ! Ne quitte pas le bijou, c'est un gage, tu le sais. Apprends à être libre et on se retrouvera !

Je me violente, essaie de cultiver cette insouciance et cette indépendance sexuelle. C'est dur ! Trop dur pour moi, et souvent je pleure pour résister, ne pas l'appeler, ne pas le supplier de me reprendre comme favorite.

Leïla et moi avons peu changé malgré les années nous séparant du collège. Deux gamines se retrouvant et recommençant à rire de tout et de rien. Depuis mon arrivée le temps est passé très vite. Je n'ai pas oublié Guy bien sûr mais mon esprit est plus léger.

Notre connivence semble agacer son mari. C'est un homme singulier, très occupé, passant peu de temps à la villa. Il ne me regarde jamais pendant les repas, seul moment que nous passons ensemble. Son mutisme est presque complet. Il se contente de me demander chaque matin :

— Tout va bien ?

Sans écouter la réponse.

Toujours impeccable, en costume-cravate, les cheveux clairs coupés court. Le contraste est d'autant plus évident que Leïla est brune et mutine. Fine et longue, elle a un drôle de petit visage et de grands yeux lui donnant un air d'animal malin. Elle se pare de jupes longues et de collier ou de bracelets de verroterie tintant sur ses poignets comme une Esméralda de cinéma.

Mon séjour tire à sa fin. Hier, j'ai demandé à Leïla :

— Et le hammam ? Tu m'avais promis !

— Je ne suis pas sûre que… tu apprécies !

— Essayons ! Je te dirai après !

Elle m'a observé un moment et a ajouté :

— Alors, demain !

Depuis le début de l'après-midi, je suis paresseusement allongée près de Leïla dans le patio de la maison à écouter le jet d'eau et des tourterelles roucoulant sur les toits.

La bonne nous sert le café dans de petits verres dorés et un plateau de pâtisseries à grignoter. Je remarque qu'il y a trois verres pour le café :

— Mon mari nous rejoint.

Leïla ne s'occupe pas de lui et nous continuons nos bavardages. Assis sur un fauteuil bas, il nous regarde en inclinant la tête. Cet homme est décidément étrange et son manque d'intérêt pour moi me fascine.

Il nous demande :

— Alors ? Hammam ?

Et scrute Leïla qui hoche la tête.

Nous continuons nos bavardages que, pour une fois, il écoute paisiblement.

Nous sommes étendues, les pieds nus. La longue jupe de Leïla remonte et laisse voir sa jambe brune. Mon chemisier a distraitement glissé sur l'épaule. Si j'étais un homme, l'image me séduirait. Un véritable tableau orientaliste !

Il a l'air d'apprécier les orientalistes, nous sourit et se lève.

Comme chaque jour il va à son bureau. Il fait un petit signe à Leïla, qui lui répond par un hochement de tête. Je remarque à peine cette soudaine complicité et ne m'en soucie pas. Leïla me propose :

— On y va ?

L'établissement est près de la médina dans les quartiers anciens de la ville. C'est une de ces bâtisses rendues lisses et douces comme un corps par cinq siècles de chaux passée sur leurs murs. Des escaliers de pierre descendent jusqu'à une pièce tapissée de carreaux de céramique aux volutes bleues et jaunes. J'ai l'impression que nous sommes seules, aucune voix, aucun son ne nous parvient, et l'écho de nos propres paroles se répercute sous les voûtes anciennes.

Nous nous déshabillons. La peau de Leïla est polie et fine avec des reflets de cuivre. Au-dessus de ses cuisses, son pubis presque entièrement épilé dessine un sillon plus sombre. Elle me tend une grande étoffe blanche et, à son exemple, je m'enroule dedans.

Nous traversons quelques couloirs et pénétrons dans une nouvelle salle entièrement recouverte de marbre rose. La vapeur rend étranges les silhouettes de quelques femmes.

Elles sont trois, assises sur une estrade de pierre permettant de s'allonger et de profiter pleinement des bienfaits de la vapeur. À notre arrivée, elles se lèvent et s'approchent de nous. Leïla me présente à ses amies, qui s'extasient sur mes yeux verts, ma peau claire et mes cheveux longs. L'air est étouffant, des senteurs de musc et de bois le rendent lourd. Dans un coin, un antique bassin ovale taillé dans le marbre m'attire. J'ôte le tissu qui me couvre encore. Leïla en fait autant et je contemple une fois de plus ce trait de poils bruns. Il semble désigner, telle une flèche, la direction et l'accès à de suaves plaisirs.

Le bassin est peu profond et l'eau claire. Je m'y laisse glisser. C'est délicieusement froid et quelques brasses me procurent une exquise sensation, surtout entre les cuisses. Tout est merveilleusement beau et presque irréel, ces femmes nues, ce décor des *Mille et Une Nuits*, cette odeur puissante…

Lorsque je sors du bain, une femme me propose de me coiffer. Elle est comme les odalisques peintes par les maîtres anciens : toute en courbes, la taille fine, les hanches généreuses, une poitrine lourde aux grandes aréoles sombres.

Elle m'assoit en tailleur sur l'estrade de pierre. Elle s'installe derrière moi, les jambes repliées de chaque côté. D'elle, je ne vois que de solides mollets. Je sens son souffle dans mon cou et l'odeur de henné de sa chevelure. Elle démêle ma crinière avec un peigne de corne. Lorsqu'elle se penche vers moi, la pointe de ses seins dure et chaude s'écrase dans mon dos. Cela est équivoque et délicieux, quoique gênant.

Elle descend le peigne dans mes cheveux et ses mamelons

suivent jusque sur ma taille. Leïla s'accroupit près de moi et m'explique :

— Ces femmes sont là pour s'occuper de toi, te coiffer, te masser comme le veut la coutume.

Les deux autres s'approchent à leur tour. La première porte une délicate fiole de verre bleu renfermant une huile fleurant le miel. Celle qui est derrière moi continue à me peigner, tandis que les autres versent un peu d'huile dans leurs mains et s'assoient de part et d'autre de moi. Elles massent la plante de mes pieds, remontent avec une symétrie parfaite, le long de mes jambes, chevilles, mollets, jusqu'à mes cuisses qu'elles malaxent à pleine main.

Chaque femme tient une de mes jambes posée sur ses genoux et je me trouve ouverte. En face, Leïla s'est installée sur le dallage de marbre. Elle est un peu en contrebas, ses jambes repliées me laissent voir le sillon de poils qui s'enfonce entre ses cuisses et s'arrête net. Ses lèvres sont nues et roses, soigneusement épilées. Légèrement écartées, elles laissent le sommet de son clitoris dépasser comme un petit sexe large, épais, à la peau étonnement foncée.

La femme qui me coiffe pose son peigne et ramène mes cheveux sur le côté. Elle les attache avec un ruban et, sans se déplacer, verse à son tour de l'huile dans le creux de ses mains. Elle passe les bras en avant et me masse les seins, tantôt pétrissant, tantôt cajolant. Elle s'attarde sur les pointes, qu'elle contourne délicatement, puis sauvagement les écrase entre ses doigts.

Ma poitrine se dresse, va chercher la caresse. Les femmes rient et continuent leur travail.

Je ne sais que penser. Elles massent maintenant mon ventre en tenant toujours mes cuisses écartées. Entre mes jambes la moiteur de la vapeur et une excitation me parviennent par bouffées. Je m'efforce de maîtriser mes sensations. J'essaie de refermer mes cuisses mais les deux femmes m'en empêchent et rient encore. Leïla qui regarde avec beaucoup d'attention me dit :

— Laisse-toi aller, détends-toi… !

Puis elle se lève, approche son visage du mien et dépose un baiser sur ma bouche.

— Ça va ? me demande-t-elle

Qu'est-ce que je peux répondre ? Que mon corps est trop énervé pour rester calme et lascif ? Que j'éprouve un désir terrible de caresses plus précises ?

Comme si elle lisait dans mes pensées, elle s'accroupit entre mes cuisses, regarde là où les masseuses s'efforcent de ne jamais aller.

— Tu as un joli bijou, c'est un homme…

— Oui !

— Il doit t'aimer !

Son index s'égare en une douce et fraîche pression. Elle palpe mes lèvres brûlantes. Je tressaille comme sous une décharge électrique. Mon bassin se tend et appelle une caresse plus forte et précise, mais Leïla se retire.

Elle quitte la pièce en reculant et souriant. Elle revient aussitôt suivie d'un homme.

Je ne distingue pas ses traits à cause de la vapeur.

Il est grand et vêtu d'une légère gandoura de coton blanc. Leïla lui dit :

— Elle est prête !

L'homme hoche la tête. Je ne bouge pas, j'attends de voir ce qui va se passer. Les femmes continuent leur massage, maintenant toujours mes cuisses ouvertes et mon sexe face au regard de l'homme. Il s'approche davantage et je reconnais le mari de Leïla. Il me sourit et s'agenouille entre mes cuisses, les flatte du plat de la main comme pour acheter un animal au marché. Il approche sa bouche. Les deux femmes tirent encore plus sur mes cuisses écartelées. Elles me font mal, mais l'idée de me voir ainsi offerte m'excite davantage. Mon clitoris est complètement dénudé et exposé à l'homme face à moi. Il le saisit délicatement entre ses dents et sa langue le suce, l'aspire, le roule… J'ai le sentiment que mon sexe se déploie, je le sens ruisseler. Mes jambes, bien que tenues, s'agitent de spasmes.

Le mari de Leïla se redresse. Mon regard se pose sur lui, comme se pose le regard de la gazelle mortellement blessée sur le chasseur pour le supplier de l'achever.

Je ne trouve pas les mots, j'implore sa clémence, mon clitoris me brûle, je prie pour que les femmes me versent de l'eau froide, me pénètrent et me déchirent avec le flacon d'huile de massage.

Le ventre inondé de désir, je fixe la verge de l'homme, visible sous sa gandoura fine. Elle saille, libre et verticale.

Si je pouvais bouger, je la prendrais dans ma bouche et l'engloutirais jusqu'au fond de ma gorge, puis je la présenterais à mon sexe, et…

Les femmes me tiennent toujours aussi solidement. Celle assise derrière moi s'agrippe à mes seins et à mon ventre. Elle me bascule en arrière, contre elle et sa lourde poitrine.

Le moment de l'exécution est proche. Je l'espère et je frissonne de peur. L'homme soulève le tissu blanc de son vêtement. Sa queue tendue semble s'élancer vers moi. Je la regarde comme un cadeau. Il se repositionne à genoux entre mes cuisses. Tenant sa verge à la main, il la promène sur mes lèvres irritées, sur mon clitoris bandant, esquisse une pénétration et aussitôt se retire.

Je tente une reptation pour essayer de m'empaler sur cette verge mais les deux masseuses plantent leurs ongles dans mes cuisses. Des larmes coulent sur mes joues.

Leïla se penche vers moi, elle m'embrasse, glisse sa langue dans ma bouche. Doucement elle passe ses doigts aux ongles rouge sombre entre mes jambes. Je ferme les yeux et soupire. Ici tout est calme et voluptueux. Leïla me murmure :

— Prends le temps, rien ne presse !

Une femme me lâche un bras et je précipite ma main sur mon sexe pour me satisfaire. Le mari de Leïla ordonne :

— Non ! Puisque tu es incapable de te dominer, elles te tiendront jusqu'à la fin !

— Je ne peux plus attendre !

Il me sourit, me mordille un téton et fait un signe aux masseuses. Je me cambre, raidis mon bassin pour que la violence du choc me fasse oublier jusqu'à mon nom.

Il respire fort, je ne bouge plus, les yeux écarquillés pour regarder ma mort en face.

D'un coup de rein, il me pénètre enfin. Ma chair s'ouvre au passage de sa verge qui cogne au fond de mon ventre.

Elle s'y moule pour ne faire qu'un, l'enrobe et la guide. La jouissance de cette pénétration me fait crier. Je ne peux toujours pas bouger et je subis, désarmée.

Leïla regarde le sexe de son mari aller et venir de plus en plus rapidement dans mon ventre. Elle se masturbe, les jambes écartées et pousse de petits jappements.

Je suis si embrasée que je jouis avant lui. S'en apercevant, il se retire, pose sa verge sur mes seins et éjacule longuement.

Son visage crispé laisse deviner le degré extrême de son

plaisir. Les masseuses me lâchent enfin et je me tourne vers Leïla. Ma bouche saisit son clitoris, je lui trouve un goût de mer très doux.

Mes doigts suivent la flèche de poils. Je les introduis entre ses lèvres et fouille son sexe trempé. Elle pousse un gémissement. Telle une queue, ma main va et vient chaque fois plus profondément et plus large, comme des hommes me l'ont déjà fait.

Je connais la satisfaction que cela procure et, quatre doigts au fond de son ventre, je la regarde jouir.

C'est le plus merveilleux souvenir de ce voyage à Tunis.

Je n'ai rencontré Guillaume qu'une fois ou deux auparavant. Je l'avais oublié, lorsqu'il me téléphone. Je réfléchis un moment avant de mettre un visage sur cette voix douce.

— Je monte une lecture de mes textes au Théâtre du Matin et j'ai un personnage qui te ressemble ; c'est exactement toi !

— Moi ? Je ne comprends pas !

— Je mets en scène ces textes. Ce sont des situations plutôt érotiques, et après la conversation que nous avons eue chez Virginie j'ai pensé que tu serais bien réceptive !

Virginie est une copine chez qui j'ai dîné il y a un mois. Effectivement ce soir-là Guillaume était présent et nous avons discuté de l'opportunité d'avoir un amant pour supporter la banalité du mariage. Virginie disait qu'elle trouvait ainsi son équilibre et je l'approuvais. Ils ignoraient tous que j'étais l'épouse d'un homme politique en vue dans notre ville. Depuis près de six mois, depuis que je connais Guy, je me tiens éloignée de toute représentation officielle, j'ai laissé tomber les dîners de protocole et mon époux pas plus tard qu'hier m'a dit :

— À quoi ça sert d'être marié si on ne peut pas en avoir les avantages ?

Je lui ai demandé :

— Pour toi, quels sont les avantages ?

— Paraître suffisamment unis pour donner confiance. Le mariage est une valeur sûre en politique et si tu voulais un ou deux enfants ce serait impeccable !

— Des enfants pour que tu sois élu ?

— Des enfants pour faire comme tout le monde ! Évidement tu préfères tes amis et ton esprit marginal me cause des soucis !

Guillaume reprend :

— Bien sûr, je ne te connais pas vraiment mais il me semble que tu serais bien !

— Mais je ne suis pas comédienne, je ne suis jamais monté sur scène.

— Tu te débrouilleras parfaitement, j'en suis persuadé. Ce n'est pas long, juste quelques phrases…

— Et qu'est-ce qu'elles disent, ces phrases ?

— Elles parlent de verge et de pénétration ! Tu feras fantasmer tous les hommes de la salle !

L'expérience me tente, mais j'éprouve quelques réticences par rapport à mon mari ! Si quelqu'un de son entourage venait à l'apprendre…

Guillaume me certifie que ce n'est absolument pas le milieu dans lequel un homme politique se balade même pour s'encanailler. C'est trop intellectuel… a-t-il ricané.

Après avoir raccroché, je regrette déjà d'avoir dit oui. Ces textes inconnus aiguisent ma curiosité mais je me demande sincèrement si je serai capable d'une telle performance.

J'ai songé à Guy en acceptant. Je le remercie mentalement

de cette confiance toute nouvelle que j'ai en moi. L'idée d'avoir une histoire à lui raconter me séduit. L'image du public m'écoutant me plaît bien aussi.

Les répétions commencent quelques jours plus tard. Deux comédiens se donnent la réplique sur les textes plus soft de deuxième partie. Une vision très cérébrale du sexe, basée sur l'abstinence. Ils dénoncent la soumission à l'autre et n'y reconnaissent aucun plaisir, seulement de la perversion. Je sais que ce n'est que littérature, mais je me sens mal à l'aise. J'espère de tout cœur que le texte de Guillaume n'est pas basé sur les mêmes pensées.

Lorsque ça vient à moi, je m'applique consciencieusement à lire des phrases à mon avis plus pornographiques qu'érotiques et cela m'amuse beaucoup.

À la fin Guillaume me demande :

— Alors, comment tu as trouvé ?

— Bien, les aventures de ce libertin sont plaisantes, par contre j'ai détesté les textes d'avant !

— Moi aussi ! C'est l'œuvre d'un frustré qui n'a rien compris ! Mais c'est une façon de penser et l'on ne peut pas la nier !

Le théâtre est un ancien hangar. Une de ces petites usines désaffectées reconverties en lieux branchés où se côtoient des artistes de toute sorte ainsi que des noctambules à la recherche de l'âme sœur. L'endroit sent la vieille cigarette et la bière. Peint en noir, des murs au plafond, la salle est meublée de tables bancales pour la plupart et de chaises dépareillées. Un bar en bois occupe un coin, la scène un autre. Quelques vieux projecteurs éclairent dans un faisceau de lumière jaunâtre où la poussière danse. Les coulisses sont séparées de la salle par un lourd rideau de velours grenat. Ce ne sont pas de véritables coulisses mais une antique cage d'escalier ne menant nulle part. Une porte ouvre sur une espèce de placard servant de bric-à-brac. Des marches s'élancent vers un mur de brique, l'atmosphère est à la fois curieuse et inquiétante.

Guillaume, une trentaine d'années, est brun avec un visage pointu de chat et des yeux clairs dévoilant ses origines irlandaises. Chez Virginie, je ne l'avais pas trop remarqué. C'est qu'à l'époque je n'avais que Guy en tête et le reste du monde me paraissait fade.

Dans cette ambiance particulière, Guillaume se révèle différent. Pendant cette première répétition, j'ai bien remarqué ses yeux se posant sur moi avec une insistance loin d'être désagréable.

À la seconde rencontre au théâtre, je capte son regard. À travers mes vêtements, il suit les rondeurs de mes seins, s'attarde sur leurs pointes dressées impudiques. Son regard serpent fait le tour de ma taille, il est partout, tiède comme une main. Il descend sur mes genoux, remonte le long de mes cuisses. Je ferme les yeux, peut-être à cause des projecteurs, je transpire sous la chaleur du soleil sur une plage au mois d'août.

Son regard se fixe là où ma jupe fermée par de petits boutons enserre des recoins plus secrets.

Je suis debout, appuyée sur le mur, les pensées se bousculent dans ma tête, troublée par cet homme, mouillée par ce regard. Je sais que si mes yeux croisent les siens, il y lira mon désir, alors je les garde pudiquement baissés sur mon texte.

Il soupire et commence à lire.

À la pose, il s'approche de moi :

— Tu sais bien tes répliques ! C'est super !

Il dégage une sensation d'érotisme, une perversion dans

ses gestes qui me met mal à l'aise. Je m'interroge : « Guy ? Qu'est-ce que je dois faire ? Il me plaît et m'inquiète ! »

Mon petit diable intérieur répond à sa place : « Tu oublies que tu dois satisfaire Guy ? Il ne te demande pas de philosopher, seulement de te prendre une nouvelle bite dans le cul !

— Comment tu parles ? Tu es vulgaire !

— Ton langage châtié ne vaut pas mieux ! Tes gestes sont les mêmes ! »

Guillaume est appuyé contre la porte, son bras m'empêche de passer. Il me demande :

— À quoi tu penses ?

— Aux phrases que tu me fais dire !

— Tu aimes les réciter ?

— Je crois ! Je ne sais pas, la salle est vide, mais j'ai l'impression que cela me plaira beaucoup !

Sa lubricité est à fleur de peau et la perversité luit dans ses yeux. Il me fascine.

Ses textes n'ont rien d'étonnant. Ils sont le reflet de son âme hédoniste et décadente. J'aime ça !

Mon chat lui ressemble : mince, brun et dévoyé. Il grimpe sur mes genoux, se frotte à moi, me lèche de sa petite langue rugueuse comme du papier de verre puis finit inéluctablement par bander comme un fou. Il doit être la réincarnation d'un amant fameux, il jouit des moindres caresses.

Il suffirait de passer ma main sur la nuque de Guillaume pour qu'il bande lui aussi !

— Tu viens boire un coup ?

Accoudé au comptoir du bar, il tire nonchalamment sur sa cigarette. Je lui en demande une et l'allume contre le bout ardent de la sienne tout près de son visage. Je sens l'odeur de son après-rasage mêlée au tabac et à la moiteur de sa peau. Il se penche un peu plus et pose ses lèvres sur les miennes sans insister.

La répétition étant terminée, je lui propose de le raccompagner en voiture, puisque nous allons tous les deux dans la même direction.

— Avec plaisir ! me répond-il.

Nous traversons le centre-ville et comme chaque jour à cette heure un embouteillage paralyse les véhicules.

Son regard est sur mon visage. Il hésite. Moi, je ne sais absolument pas ce que je veux réellement. J'ai envie de baiser, Guy ne m'a plus touchée depuis trop longtemps et mon sexe réclame la satisfaction d'une verge. Guillaume plisse les yeux, m'estime.

J'ai une désagréable impression : cet homme, tout comme Guy, pourrait avoir du pouvoir sur moi, et cela, je ne le veux pas.

Je désire la force de mener une sexualité légère et sans contrainte. Si je dois obéir à un homme, ce sera toujours à Guy…

Je me promets d'être assez robuste pour dominer la situation.

Le jeu de l'embrayage et de l'accélérateur découvre mes cuisses. Lorsque je passe une vitesse ou lorsque je freine. Je m'arrange pour que ma jupette remonte plus haut encore à la lisière de mes bas et que la soierie noire de mon slip apparaisse.

Il regarde en biais, et apprécie les bas. Cela aussi je le dois à Guy, il m'a appris… Je pense à mon slip : Guy m'avait pourtant demandé de ne plus en mettre…

Un feu rouge nous arrête. Sa main se pose sur ma cuisse, il la glisse sous le tissu de la jupe, là où la peau est humide dans ses replis cachés. Son jeans se tend autour de son sexe, coincé entre la ceinture de sécurité et le boutonnage. Mes doigts, pas vraiment innocents, caressent le levier de vitesse, je fais semblant de penser à autre chose, d'être distraite… La paume ouverte, je contourne cette protubérance ronde.

Soudain Guillaume attrape ma main et la pose sur son jeans, contre son sexe. Comme un instant plus tôt sur le levier de vitesse, je l'effleure doucement sans me presser. J'essaie d'être subtile. Il grogne et avance son bassin à la manière d'un danseur oriental. Cela me déplaît et je fais mine de retirer ma main, mais il m'agrippe le poignet et la plaque de nouveau sur son sexe :

— Caresse-moi !

Alors je défais un bouton, puis un deuxième. À côté, juché sur son siège, un chauffeur d'autobus nous regarde. Ma respiration s'accélère.

La boucle de sa ceinture est difficile à dégrafer, je lâche le volant pour y parvenir. Je glisse une main par l'entrebâillement de son jeans et commence à le masturber.

Son sexe en liberté se dresse, obscène ; il me paraît énorme.

Je suis distante comme une prostituée, mon véritable plaisir est le regard du chauffeur. Je le fixe pour lui faire comprendre ce que j'exige. Je n'ai pas à attendre longtemps.

Le bras du gros moustachu jusque-là posé sur la vitre ouverte du bus a disparu. Je l'imagine occupé à se masturber, rêvant sans doute d'être à la place de Guillaume. Celui-ci se méprend sur mon excitation et m'encourage :

— Continue, plus fort !

Le chauffeur passe la tête par la fenêtre pour mieux voir. Ses yeux s'écarquillent et sa moustache frémit. Le feu devient vert.

Le lendemain, et les deux jours suivants, jusqu'à la représentation, il ne se passe rien. Je suis à la fois frustrée et soulagée. Je refuse le désir que cet homme suscite en moi. L'image de Guy me poursuit.

Toujours ce vieux relent d'éducation où l'on n'appartient pas à plusieurs hommes, et mon petit diable se moque de moi.

Je prends mon téléphone portable et tape le numéro de Guy. Après une brève sonnerie, il me répond. Je lui chuchote :

— J'ai besoin d'un conseil !

— Décris-le-moi !

— Quoi donc ?

— L'homme auquel tu penses !

— Comment tu sais que…

— Si tu m'appelais pour autre chose, je raccrocherais !

Après lui avoir décrit Guillaume, il me demande :

— Je ne comprends pas ton hésitation !

— Il a tendance à exiger beaucoup !

— Il n'y a que moi pour exiger quelque chose de toi ! Souviens-t'en ! Jouis de ce Guillaume, et raconte-moi !

Chaque fois que je gagne les coulisses pour passer la robe bleue me servant de costume de scène, Guillaume est là. S'il n'y est pas, je retourne dans la salle pour lui faire un petit signe. Il me rejoint, s'assoit dans un coin et me regarde.

J'ôte un à un mes vêtements, les plie soigneusement. Je me comporte absolument comme si j'étais seule dans ma salle de bains. Son regard me brûle, j'évite ses yeux et je traverse les coulisses pour passer au plus près de lui très peu vêtue. J'ai envie lorsque je le frôle qu'il m'attrape par la taille, me couche sur la table et me prenne brutalement. Je ne fais pas un geste, laissant le désir monter en moi. Un sentiment de frustration m'envahit et me mouille plus sûrement qu'une caresse.

C'est un jeu. Je trouve des prétextes pour me pencher en avant, ramasser une épingle à cheveux ou une boucle d'oreille, laissant ma croupe bien en vue, juste gainée de la dentelle d'un slip brésilien.

Puis je m'habille. Je commence par chausser mes escarpins, ceux à hauts talons qui me donnent un air d'échassier instable. Devant un vieux miroir aux moulures dorées et au tain piqueté, je noircis mon regard de khôl, passe du rouge sur mes lèvres jusqu'à en faire une balafre écarlate barrant mon visage comme celui d'une pute un soir de travail. Je laisse mes cheveux libres, ébouriffés jusqu'aux épaules.

Ainsi, je suis tellement différente de la petite bourgeoise provinciale que personne ne peut me reconnaître.

Dans le miroir je vois Guillaume immobile pendant tout le temps de mes préparatifs. Il suit chacun de mes gestes et ne s'approche pas. Je reste seulement vêtue de mon slip, d'escarpins et de mon soutien-gorge jusqu'à l'arrivée des autres comédiens.

Le jour de la première, dès le matin un trac fou m'empoigne. Je ne parviens pas à me détendre, une boule de nerfs, comme si j'avais bu de trop nombreux cafés. Je répète mes répliques sans arrêt, machinalement sans les écouter, juste pour vérifier que je m'en souviens. Je parle de pénis et de fellation sans savoir ce que je dis. Les mots ont perdu leur sens et sont devenus uniquement des syllabes s'enchaînant.

Je me fais couler un bain et y vide un petit flacon d'essences calmantes rapporté de Tunis. L'air sent la rose et le jasmin à en être étouffant. Ces parfums ravivent des souvenirs très doux. Je me plonge dans l'eau brûlante, espérant y trouver la paix. J'essaie de penser à Guy.

Il m'aurait fait l'amour, m'aurait possédée comme si c'était son ultime jouissance. L'idée de son sexe en moi, du poids de son corps sur mon ventre, desserre un peu l'étau qui m'étouffe. L'esprit occupé par cette image, je perçois l'eau brûlante entre mes cuisses. Je glisse ma main et appuie l'anneau d'or contre mon clitoris. Mon sexe devient humide et je maudis ma solitude. J'attrape une bouteille de bain moussant posée sur le rebord de la baignoire et l'enfonce dans mon ventre. Le flacon est très large et ovale. Il tire mes lèvres vers l'avant et découvre mon clitoris. Je l'agace avec le jet d'eau de la douche. Je me tortille dans le bain. Ce n'est pas suffisant, alors j'attrape le panier à pinces à linge en bois posé à côté de la baignoire sur des étagères. J'en prends trois et les ouvre. J'en accroche une sur chaque sein en retenant mon souffle. Cela fait mal, mais immédiatement après je sens mon vagin se dilater encore et mon clitoris saillir davantage.

La dernière, j'hésite à la poser. Je respire un grand coup et la referme sur le bout de mon clitoris, si excité qu'il forme comme un minuscule sexe en érection. Je pousse un cri et jouis immédiatement.

Je reste étendue dans l'eau, jambes écartées, les épingles closes sur ma chair dans un calme et un repos absolu.

J'arrive au théâtre assez tôt. Il n'y a encore personne. Je me glisse dans les coulisses pour m'habiller. J'ai besoin de calme et de solitude. Assise devant une table, j'écoute le temps passer. Ma séance de masturbation m'avait apaisée, mais je sens le trac me reprendre, il s'impose plus tenace, plus féroce encore. Ma gorge est si nouée que je suis incapable de prononcer un mot. La panique m'envahit. Je pense au public, aux hommes que j'ai envie de voir bander. Je désire que l'air sente le sexe, la cigarette, la bière et le plaisir.

Guillaume arrive. Il est très contrarié de me voir déjà vêtue. D'un ton un peu agressif, il me demande :

— Pourquoi tu ne m'as pas attendu ?

Je n'ose pas lui avouer que je meurs de peur. Il s'en aperçoit et me dit d'un ton plus aimable :

— Je connais un remède qui calme bien le trac !

Il s'approche de moi, il me domine de plus d'une tête, je le touche presque, nos vêtements se frôlent. Doucement il découvre mes épaules et les embrasse. Il retrousse ma robe jusqu'à ce qu'elle emprisonne mes bras et dégage complètement ma poitrine. Sa langue remonte jusqu'à la pointe d'un sein que sa bouche engloutit. Il me mord fort le mamelon déjà endolori par les pinces à linge. C'est bon, c'est puissant et je sens mon entrejambe trempé, prêt à le recevoir. Il pose sa main sur ma bouche, j'ai vaguement l'intention de me débattre mais je ne bouge pas.

J'ai le sentiment confus que ce sera quelque chose d'unique. L'envie qu'il me pénètre prend le pas sur la peur d'être découverts. Seul le rideau rouge nous sépare des autres.

Il me force à reculer jusqu'à un tas de vieux costumes dans un coin. Il me fait trébucher plutôt qu'il ne me couche. Il tombe sur moi, relève ma robe bleue jusqu'à la taille et met sa tête entre mes cuisses. Ses doigts tirent mon slip sur le côté, sa bouche me mord, sa langue me lèche, elle va et vient pointue et précise comme un sexe. J'ai l'impression qu'elle est multiple. Ses bras bloquent mes jambes écartées comme celles d'une danseuse. Je l'entend haleter. J'approche mes mains de son pantalon mais il me repousse. Il le défait lui-même et exhibe son sexe dressé, débridé et lubrique. Satan dansant sa sarabande devant une vierge ! Je le saisis sans m'y attarder, repousse son visage d'entre mes cuisses et y enfonce son pénis fébrile comme je l'aurais fait d'un godemiché.

Il disparaît entièrement en moi et nos deux ventres se heurtent. Je pousse un petit cri de satisfaction. Comme si j'avais enfin ôté ce poids de mes épaules. Il m'attrape par les bras, se hisse en moi, me fait mal et cela m'excite encore plus.

Il est une bête, ce que je déteste chez un homme : violent, direct, ne s'occupant que de son plaisir. Je ne peux pas me dégager de son étreinte. Je ne le veux pas ! Je suis sa prisonnière et cela me plaît. Toutes les contradictions affluent à mon esprit. Un désir de révolte me fait murmurer :

— Plus fort ! Plus fort !

Il me maintient les bras écartés, coincée entre ses mains, son sexe me laboure le ventre. Il desserre son étreinte et j'en profite pour attraper ses testicules me frappant l'anus, ballottés comme des fruits sur un arbre les jours de grand vent. Je m'y agrippe pour ne pas tomber. Je désire lui faire mal, je ne serre cependant pas complètement, juste assez pour l'entendre gémir de plaisir. Il redouble d'ardeur et nous jouissons très vite.

De la salle nous parviennent des bruits de voix, des raclements de chaises que l'on tire sur le sol de béton, des rires... Guillaume se relève, rajuste son pantalon et regagne la salle sans se retourner. Je suis calmée. Le trac a disparu, mes mains ne tremblent plus. J'époussette ma robe, tapote mes cheveux, enlève ma culotte trempée que je cache sous le tas de vêtements, riant à la pensée de celui qui la découvrira. À mon tour, je me dirige vers la salle.

Je suis sur scène, installée près d'une table sur laquelle sont posés une bouteille et mon texte. Je m'assois.

La musique se tait, les lumières s'éteignent tandis que m'éblouissent les projecteurs. Guillaume entame la lecture. Je l'interromps pour une première réplique.

Mes cuisses et mes jambes deviennent humides. Sur ma robe bleue une tache de sperme apparaît et grandit : je lève les yeux vers le public.

Laure habite depuis un mois un appartement au troisième étage d'un immeuble bourgeois. Elle l'a agréablement décoré et j'ai la surprise de trouver un bon feu de bois crépitant dans la cheminée.

Nous nous sommes lovées dans un moelleux canapé couvert de coussins multicolores et nous dégustons une liqueur poisseuse et parfumée.

— Un alcool de femme ! dirait Guy.

Seules la lueur du feu et une petite lampe d'opaline posée sur un guéridon nous éclairent. La nuit est profonde et de dehors nous parviennent les murmures de la ville. C'est l'heure des confidences entre filles, l'heure pour tout se raconter, en oubliant la pudeur du jour.

Laure vit seule dans ce grand appartement depuis que, six mois auparavant, elle a quitté un mari ni pire ni meilleur qu'un autre. Un homme charmant avec les femmes et oubliant la sienne. Une banale affaire de temps qui passe et de négligence.

Laure a décidé de s'accorder du plaisir. Pendant sa vie de couple, elle a été exemplaire. Elle a dirigé la maisonnée et essayé d'être la plus parfaite possible, à l'image habituelle d'une bonne épouse. Ses enfants étudiants ont quitté le nid familial, elle a repris son existence en main et s'adonne à des joies simples mais vivifiantes : elle va au cinéma avec des amis, prend l'apéritif dans des bars branchés, se laisse doucement draguer, choisit sa garde-robe et ose des tenues jeunes.

Laure a presque cinquante ans, avec sa taille fine et sa silhouette élancée, on ne lui en donnerait pas plus que trente-cinq.

Elle est grande, épanouie et raffinée. Ses merveilleux yeux bleus affirment une belle personnalité. Partout où elle se trouve, les hommes ou les femmes la regardent ; les femmes envient sa spontanéité et les hommes la désirent secrètement.

Depuis le début de la soirée, elle paraît soucieuse, et je profite de la douceur de l'instant pour lui demander :

— Ma belle, qu'est-ce qu'il se passe ? Je te sens perturbée ?

Elle hésite un peu :

— Tu vas me trouver ridicule !

Je la rassure et la persuade de me parler.

— Viens voir !

Elle se lève avec souplesse et m'attire près d'une des fenêtres donnant sur la rue. Elle soulève délicatement le rideau en prenant soin de rester dans l'ombre.

— Tu vois ? Là, en bas.

— Quoi donc ?

— Ce garçon sur le banc.

Un homme jeune est assis de l'autre côté de la placette. Il porte une gabardine et ses mains sont frileusement enfoncées dans ses poches. Il regarde passer les voitures et de temps en temps lance un coup d'œil vers l'immeuble où nous nous trouvons.

Laure laisse retomber le rideau et retourne s'asseoir sur le canapé. Comme elle est songeuse, je la questionne :

— Alors ? Qui c'est ?

— J'ai un conseil à te demander, commence-t-elle. Figure-toi que c'est… mon locataire !

Devant mon air étonné, elle rit et ajoute :

— Maintenant que je suis seule, je n'ai pas les mêmes moyens financiers et j'ai décidé de louer une chambre ici. J'ai passé une annonce dans le journal. Il est venu beaucoup de monde pour visiter, surtout des étudiants, mais je cherchais une personne m'inspirant confiance. Il faut pouvoir se croiser dans la salle de bains sans que ce soit un drame !

« Quand je l'ai vu, Laure désigne la fenêtre, il m'a tout de suite plu. Un air franc et sympathique avec un petit côté bonne famille. Il m'a même proposé de me donner un coup de main pour repeindre la cuisine…

« Hier, il est arrivé avec un sac pour seul bagage et il s'est installé dans la chambre du fond. Après le dîner, nous sommes venus ici bavarder. Il était dans le fauteuil et moi sur ce canapé. Il m'a raconté ses ambitions, ses études universitaires… et soudain il s'est levé, s'est approché de moi et m'a pris la main. Il m'a demandé de l'aider à résoudre quelques problèmes.

Laure se tait, repassant le film de son récit. Elle a un curieux petit sourire sur les lèvres.

— Et alors ? C'était quoi ses problèmes ?

— J'ai aussitôt pensé à des questions administratives. C'est très compliqué lorsqu'on commence dans la vie et que l'on n'en a pas l'habitude. Je lui ai répondu : « Bien sûr ! Si j'en suis capable. »

Laure rougit légèrement, interrompant son histoire. Je m'approche d'elle, espérant une fin croustillante pour expliquer son émoi.

— Tu ne devineras jamais ?

— Il t'a avoué être amoureux de toi ?

— Pas tout à fait ! Il m'a avoué être encore vierge à vingt et un ans et ne plus pouvoir continuer à vivre ainsi. Je m'apprêtais à lui expliquer qu'il était charmant et que bien des filles… mais il m'a coupé la parole pour me crier : « J'ai essayé et je n'arrive à rien. Vous comprenez ? Je ne bande pas ! » Je ne savais pas quoi lui répliquer. C'est grave pour un jeune d'avoir ces problèmes. Mon mari quand…

— Laisse ton mari, j'ai le même à la maison, et continue !

— Il m'a encore dit : « Lorsque j'ai visité l'appartement, je vous ai vue et depuis je vous veux ! Je sais qu'avec vous ce ne sera pas pareil… » Je le trouve plutôt gentil et téméraire pour un garçon ayant si peur des filles. C'est vrai, non ? Il est courageux !

— Alors ?

— Je lui ai souri et il s'est jeté sur moi pour m'embrasser. Je l'ai giflé et je l'ai envoyé se coucher. J'ai barricadé la porte de ma chambre et toute la nuit je me suis demandé ce que je devais faire !

— Ma belle, je ne peux pas te répondre ! Tu es assez grande pour savoir si tu as envie de lui ou pas !

— Il est adorable… mais si jeune ! J'ai honte ! Cette nuit lorsque je me suis assoupie, j'ai rêvé…

« Je t'ai invitée ce soir pour te demander ton avis. Je me suis dit que tu avais peut-être une expérience dans ce genre ?

— Si jeune ? Non ! Enfin si ! Il y a deux mois, j'ai rencontré un tout jeune homme. Mais d'abord explique-moi pourquoi tu hésites : à cause de son âge, de ses difficultés sexuelles ou parce que c'est ton locataire ?

— Un peu des trois ! J'ai un fils qui a le même âge et cela

me perturbe. Je me promets toujours de ne pas mélanger travail et amants et, quant à ses pseudo-difficultés, je me demande si c'est vrai.

— Il n'y a qu'un moyen, c'est de vérifier. Travail et amants font bon ménage, je peux te le garantir, quant à l'âge, je n'ai pas d'enfant et je ne peux pas savoir ce que l'on ressent. Mon mari a quinze ans de plus que moi et Guy dix ans…

— Raconte-moi ton aventure de vieille initiatrice !

— Même pas ! Il en connaissait déjà beaucoup ! Tu sais que depuis quelque temps je me suis inscrite chez un directeur de casting pour faire de la figuration. C'est une occupation agréable, ne demandant aucun savoir particulier. Il suffit d'être là où l'on me dit d'être et de passer, manger, dormir passivement. Un moyen amusant de rencontrer des gens nouveaux, des personnes plaisantes, surtout sur des grosses productions.

Bien sûr, il y a aussi les hommes ! Guy une fois m'a dit : « Tu es en progrès ! Je te découvre telle que tu es réellement. Qu'est-ce que tu es gourmande ! Ce qui est bon, tu en veux toujours plus, tu n'es jamais rassasiée ! » Il a raison. Au fil des semaines, je me suis mise à apprécier de nouvelles conquêtes. Des aventures brèves, mais fortes. Les jours sans sexe me semblent vides et éprouvants ! C'est devenu systématique. Où que je sois, je regarde les hommes présents pour trier et découvrir ceux que je peux séduire. Mes regards sont aussi indiscrets que les leurs : je dévisage, estime, mate leur sexe… Ce qui n'arrange pas mes relations avec les femmes ! Elles détestent mon attitude et mon appétit.

Le plus marrant c'est que, la plupart du temps, je décèle une pointe d'envie dans leurs propos aigres. Je leur pardonne, elles ne savent pas, elles n'ont pas eu la chance de rencontrer un Guy pour leur apprendre le libertinage et à découvrir des sensations cachées.

Tout cela, je le pense mais ne le dis pas à Laure. C'est une amie et je crains de la choquer. Je souris intérieurement en me remémorant Leïla. J'avais craint elle aussi de la choquer, mais ses jeux étaient encore plus érotiques et complexes que les miens.

Je reprends mon récit :

— Je crois que j'ai un certain goût pour l'exhibition ! Il n'est pas étranger à ce désir de figuration. Mon expérience théâtrale m'a fait toucher mes limites artistiques. Je ne suis pas comédienne et ne le serais probablement jamais.

— C'était drôlement bien, ces lectures !

— J'étais morte de trac ! Avec la figuration, pas de stress. Puis j'utilise l'argent gagné ainsi pour aller voir Guy à Paris. J'ai des scrupules à me servir de la carte bancaire de mon mari pour rejoindre mon amant…

Je ne lui avoue pas que Guy me délaisse et que son absence me noue le ventre.

— J'aime être coiffée, habillée, regardée et désirée ! La directrice de casting m'avait téléphoné pour de la figuration dans un film d'époque. Le seul critère d'acceptation était d'avoir les cheveux longs. La séquence se tournait dans une petite ville voisine, sur une place ornée d'une magnifique fontaine.

Pour plus de discrétion, je tais le nom du film. Je peux seulement dire qu'il a eu un grand succès !

— L'histoire se déroulait au XVIIe siècle et nous portions des costumes de ce temps. Ma robe rayée de bleu avec un large décolleté découvrait ma poitrine. Mes seins pigeonnaient, remontés par un corset de toile rêche lacé dans le dos.

Ce n'est pas un équipement très confortable, il s'apparentait plus à un gadget sado-maso qu'à un dessous affriolant.

« Il me maintenait absolument droite. Serrée à en étouffer, du haut des cuisses jusque sous la poitrine, des baleines marquant de manière exagérée la taille... Je ne pouvais ni m'asseoir ni même respirer normalement.

« De nombreux jupons complétaient la tenue et gonflaient ma jupe. Des bas de coton blanc étaient retenus à mes cuisses par des jarretières assorties à la robe. Mes pieds étaient chaussés de petits escarpins de satin jaune. Lorsque je me suis vue pour la première fois dans le miroir de la salle d'essayage, je ne me suis pas reconnue. Mes cheveux coiffés d'anglaises tire-bouchonnaient de chaque côté de mon visage et une capeline de paille achevait la transformation. J'étais ravissante et ne me lassais pas de contempler mon image.

« Une des séquences se passait de nuit et nous devions par petits groupes nous promener autour de la fontaine. Le metteur en scène m'a demandé de choisir un partenaire pour déambuler en lui donnant le bras. J'ai désigné un jeune homme brun qui m'observait depuis un moment. Il était lui aussi vêtu en bourgeois, avec une redingote de velours vert, un étroit pantalon taille haute terminé par une ceinture de taffetas. Il m'a galamment offert son bras.

« Pendant deux heures nous avons recommencé le même déplacement. Nous en avons profité pour bavarder et faire connaissance. Il était étudiant et complétait ses fins de mois difficiles par des petits boulots. Je l'observais à la dérobée. Il n'était pas très grand, ses cheveux longs noués en catogan, et son visage, tout juste sorti de l'adolescence mais mangé par une ombre noire d'homme du Sud, était charmant. Il avait des manières délicates et prenait soin de moi. Lui aussi m'observait sous ses longs cils baissés. Plusieurs fois nos regards se sont croisés. C'était aussi désuet que nos costumes, mais ô combien délicieux !

« Son bras à chaque pas plus appuyé frôlait ma poitrine prisonnière de mon corset. Soudain un miracle s'est produit. Un projecteur a éclaté et provoqué une panne électrique. La nuit fut immédiate et profonde. Des rires fusaient sur notre droite, des gloussements sur la gauche. Il s'est penché vers moi, m'a prise dans ses bras et embrassée goulûment. La nuit lui donnait la force et le tempérament d'un camionneur.

« La lumière est revenue et nous avons repris notre innocente promenade. À la première pause nous avons bu un café. Nous nous regardions sans parler. Je le désirais mais sa jeunesse, moi aussi, me paralysait. Je lui donnais vingt ans et j'en ai dix de plus ! Il m'en avoua dix-neuf !

« Il avait le front buté, l'air décidé et des mains d'homme. De grandes et belles mains aux ongles courts. Son pantalon ajusté enserrait son sexe dont je devinais la forme. Il bandait et l'affichait sans la moindre gêne. Son regard me déshabillait, me caressait, me faisait l'amour.

« Je voulais résister, il nous était impossible de quitter le plateau et, de plus, le corset m'obligeait à m'asseoir du bout des fesses sur ma chaise dans une position tout à fait inconfortable. J'ai passé une main sous la table et l'ai glissée furtivement sur l'étoffe tendue de son pantalon comme on câline un chat. Il a soupiré et fermé les yeux. Sous mes doigts sa verge vibrait et durcissait. Elle se collait à ma main pour chercher la caresse.

« On nous rappelait sur le plateau.

« À la deuxième pose, j'étais décidée. Je me suis éloignée un instant pour ôter discrètement ma culotte et garder seulement mes bas blancs retenus par les jarretières et je suis retournée le chercher.

« Je l'ai pris par la main et l'ai entraîné derrière les charrettes chargées de foin qui attendaient une autre séquence. Nous nous sommes glissés derrière les planches, un petit espace permettait d'être à peu près à l'abri des regards. J'ai déboutonné son pantalon. Son sexe a sauté comme un animal dur et nerveux. Dans l'obscurité, à tâtons je suis descendue le long de son corps. Mon corset m'empêchait de me plier. J'avais envie de l'embrasser, de le goûter, de l'engloutir… À peine j'ai effleuré son gland qu'il a tressailli, si fort que je me suis demandé si c'était la première fois. Je ne lui ai pas posé la question. Ma bouche a ingurgité la chair lisse comme un fruit. Lentement ma langue suivait ses courbes, l'aspirait, lui arrachant des gémissements. Soudain, il a pris ma tête entre ses mains et d'un coup de rein s'est enfoncé au fond de ma gorge. Je l'ai repoussé. Je ne voulais pas qu'il jouisse ainsi, sans me donner de plaisir.

« J'ai attendu qu'il se calme un peu et, délicatement, j'ai soulevé ma robe et mes jupons. Je les ai accrochés à ma ceinture dégageant tout mon ventre. J'ai pris sa main et l'ai posée entre mes cuisses sur mon sexe humide, prêt à le recevoir. Il avait les yeux fous et sa main malhabile explorait, se hasardait timidement entre mes lèvres, cherchait… alors je me suis retournée, les fesses entièrement nue, et les bas accrochés à mi-cuisse. Mon corset m'interdisait tout autre mouvement et, cassée en deux, les mains enserrant le bord d'une carriole, je lui offrais ma croupe. Pour m'ouvrir à lui et lui permettre un passage facile, je me penchais encore plus. Il a saisit sa verge d'une main et m'a pénétré de toute sa force de jeune mâle.

« Il s'est insinué avec rudesse dans mon ventre. Ma position acrobatique me procurait des sensations à la fois fortes et douces. À chaque coup de rein, mes anglaises et les fleurs de mon chapeau tressautaient. Mes seins se sont échappés de mon décolleté. Il les a attrapés dans ses mains et s'y est agrippé comme à la bride d'un cheval emballé.

« Ma position inconfortable me rendait le dos douloureux mais je serrais les dents pour ne pas le déconcentrer. Je sentais la crampe proche et tentais de bouger les jambes sans le désarçonner. Des techniciens allaient et venaient à quelques mètres de nous et je trouvais ça excitant. J'imaginais l'image de mes fesses blanches prises dans la nuit par cet homme en vert… Je m'apprêtais à un grand plaisir, mais il a joui si rapidement que je ne l'ai pas senti venir. Il m'a échappé !

« Il s'est retiré, est resté un court instant appuyé contre le mur, le pantalon dégrafé et la queue à l'air. J'attendais qu'il se reprenne, qu'il revienne me faire jouir autrement… Il est parti en courant. Je demeurais les jupes par-dessus tête et mon désir inassouvi.

Là, j'arrête mon récit. J'ai expliqué à Laure que les jeunes hommes sont imprévisibles. Je ne l'ai jamais revu et pour la dernière scène, il a fallu le remplacer par un autre, ce que j'ai fortement regretté.

Je ne lui ai pas raconté la suite.

J'étais le visage toujours contre les planches de la charrette et mes jupes retroussées. Quelques secondes à peine s'étaient écoulées depuis son départ quand un technicien a fait irruption dans le petit espace.

C'était un type costaud, un rocker en jeans et cuir, aux bras abondamment tatoués. Il devait nous observer depuis un moment. Il a défait son ceinturon et déboutonné sa braguette.

Je l'ai laissé faire, trop excitée, trop désireuse de ne pas rester avec ce sentiment d'inachevé. Il bandait. Il avait dû se masturber en nous épiant ou peut-être la simple vue sur mes fesses…

Il m'a donné quelques claques sur le postérieur et m'a pénétré sans autre forme de présentation. J'aime les situations éphémères, les choses simples et directes.

Je suis dans cette curieuse position, si ouverte que son sexe, plutôt modeste, se perd en moi. Je ne sens que le contact de sa peau, et les coups de queue qu'il me donne. Alors il s'est retiré, m'a penchée encore plus en avant et, profitant de la situation, a changé de direction et, me tenant écartelée, il s'est enfoncé dans mon anus. Malgré mon dépucelage par Guy et tout ce qui a suivi, je suis toujours aussi étroite.

Il était certain d'être fortement enserré. Sa verge s'est insinuée comme un serpent par le passage et sa main s'est introduite en même temps dans mon ventre. Prise par deux côtés à la fois, arc-boutée contre la charrette, je me raidissais pour ne pas tomber et lui permettre de s'enfouir au plus profond de moi. Ses assauts étaient si violents qu'il m'a posé une main sur la bouche pour étouffer mes cris. Un plaisir intense m'a anéantie, mes jambes ne me portaient plus. Il a poussé un grognement animal et s'est abattu sur mon dos. Il m'a embrassé, m'a dit :

— Merci !

Et il est parti. Je n'ai eu que le temps de rajuster mon chapeau et de redescendre mes jupes. Je suis retournée sur le plateau avec entre les cuisses la subtile impression de béance, d'ouverture jouissive d'un sexe radieux.

Ces souvenirs m'échauffent l'esprit mais je n'en parle pas à Laure. Je lui dis simplement :

— Je suis incapable de te donner un conseil. Profite de chaque instant et ne te pose pas trop de questions.

Et regardant de nouveau par la fenêtre :

— Sans compter qu'il va être malade s'il passe la nuit sur le banc !

Elle rit, et tandis que je m'en vais elle ouvre la fenêtre et l'appelle.

Une semaine plus tard, j'ai rencontré Laure dans le centre-ville. Elle m'a entraînée dans un coin pour m'avouer :

— Tu sais, mon locataire ! J'ai suivi tes conseils !

— Et alors ?

— Impossible de le faire bander. Il a passé une partie de la nuit recroquevillé dans un fauteuil, nu, à me répéter : « J'y arriverai jamais ! » À l'aube, il m'a réveillée, je m'étais allongée sur le canapé, lassée de ses gémissements. Il m'a dit avoir peut-être trouvé la solution…

— C'était quoi sa solution ?

— J'ai un peu honte !

— Tu en as trop dit et maintenant j'ai envie de savoir la suite.

— Il m'a demandé de m'accroupir devant lui et d'uriner !

— Tu l'as fait ?

— Oui ! Après il m'a prise comme un homme et m'a fait jouir !

— Tu l'as gardé ? Comme locataire j'entends !

— Et comme amant ! Il suffit que je pisse pour qu'il bande et nous faisons l'amour !

Songeuse, je laisse Laure à son jeune homme. Moi qui croyais avoir appris énormément de choses sur le désir des hommes… je me rends compte qu'il m'en faudra encore découvrir beaucoup pour épater Guy !

Guy m'a téléphoné. Il ne m'a pas proposé de venir, mais m'a annoncé :

— À l'occasion d'un voyage, cela me ferait plaisir de te voir.

— Ça tombe bien, dans deux jours je suis à Paris !

Je ne sais pas s'il a cru au hasard, tant pis.

Il pleut depuis mon arrivée. Il fait froid et toute la ville grelotte. J'attends avec impatience ce soir. Guy m'a laissé espérer un moment ensemble après le départ de ses employés.

Je tue le temps en déambulant dans la rue de Rivoli. La pluie redouble et je trouve refuge dans un des grands magasins parisiens.

À l'entrée, je défais la ceinture de ma gabardine et ferme mon parapluie.

Pour m'occuper, je me promène entre les rayons. J'ai décidé de m'offrir un cadeau. J'espère ainsi combler le vide de mon âme laissé par Guy. Un malaise m'anéantit chaque fois que je pense à lui. Et j'y pense toute la journée…

Une fois de plus j'ai pris la résolution de lui avouer :

— Je t'aime !

Quand je serai devant lui, ce mot sera désuet, grotesque. Il ne s'applique pas à Guy, même si au souvenir de son corps, de son odeur, de sa voix mon cœur chavire.

Je ne lui dirai rien.

J'observe les chapeaux posés sur des mannequins de plastique.

Je passe devant un miroir et j'essaie quelques créations. Un petit bibi à voilette un peu vieillot, une capeline de toile cirée noire, une chapka en fourrure. La vendeuse m'assure qu'ils me vont tous parfaitement bien.

Je me trouve ridicule, difficile à porter, trop passéistes et surannés. Ils me donnent l'air d'un personnage du musée Grévin !

Au rayon des parfums les marques les plus connues sont exposées.

Je m'attarde, hume l'un, vaporise l'autre sur une languette de papier. Je ne sais pas pourquoi je m'attarde ainsi puisque Guy m'a expliqué : « Ne remplace pas ton parfum, celui-ci te va très bien et le changement me perturbe ! »

Chaque senteur permet à son nez et à ses sens de reconnaître laquelle de ses femmes est entre ses bras. Elle contribue à ne pas causer d'impairs, à donner sa part à chacune.

Le mien est un grand classique, un symbole du luxe parisien aux fragrances de rose, à la fois suave et lourd. Je l'ai essayé la veille de notre première rencontre et je l'ai adopté.

La vendeuse est toute jeune. Elle écarquille de grands yeux pour me persuader d'acheter un flacon. Son uniforme noir fait ressortir son regard pétillant, comme une touche d'originalité dans ce décor si classique. Elle m'annonce :

— Si vous voulez profiter de notre semaine de bonnes affaires, il y a des promotions au rayon lingerie et vêtements femme. Les cabines d'essayage sont au deuxième étage.

— J'irais volontiers y faire un tour, merci.

Je consulte ma montre à mon poignet : dix-sept heures.

Encore deux heures à tuer loin du canapé de cuir.

J'emprunte l'escalator et me rends au salon de thé du dernier étage. Je connais déjà les lieux pour y être venue méditer sur mes sentiments envers Guy. Je souris en y repensant : à l'époque j'hésitais à accepter ces soirées dans les clubs échangistes, je me demandais si d'être baisée sous ses yeux accentuait mon amour ou le saccageait…

Si j'ai changé depuis ce temps-là, l'endroit est resté identique. Une ambiance vieillotte et très confortable. Des tables devant les larges baies vitrées permettent de contempler Paris. De petites lampes d'opaline rendent la lumière intime et les serveuses en uniforme noir et tablier blanc évoluent sans bruit entre les tables.

Je m'installe près de la baie vitrée. Une ravissante soubrette me demande ce que je désire :

Si elle savait !

— Un thé, un Earl Grey s'il vous plaît !

De mon sac, je sors *Les Petits Oiseaux*, d'Anaïs Nin. Un cadeau de Guy. Il m'avait averti : « C'est très excitant. De plus c'est une femme qui l'a écrit ! »

Je me plonge dans la lecture. La serveuse pose un petit plateau fumant sur le coin de ma table. Elle veille à ne pas me déranger.

Levant les yeux, j'observe un moment la pluie derrière la vitre et les toits zingués de Paris.

Un homme lit un journal italien. Je déchiffre les gros titres. Sentant mon regard indiscret, il quitte sa lecture et m'examine.

Il parcourt mon visage, mes jambes, mes pieds déchaussés pour laisser sécher mes escarpins. Gênée, je les cache sous la chaise. Il sourit de mon geste puéril.

Je me replonge dans mon livre en buvant une gorgée de thé. L'ambiance est chaude et douillette et je suis parfaitement bien.

Je parcours les pages de mon roman mais je ne lis pas. À travers les cils j'observe l'homme de la table en face.

Lentement, je décroise mes jambes. Lorsque son attention est retenue, je les croise dans l'autre sens, sachant que ma jupe remonte sur mes cuisses et découvre la bordure de mes bas.

Je lève la tête et mes yeux croisent de nouveau son regard. Il a un petit sourire de connaisseur.

Que te dire, Guy ? Mentalement je lui raconte : « Âgé d'une quarantaine d'années, un physique agréable, rien d'extraordinaire, habillé avec goût et lisant un journal italien.

— C'est tout ? »

Les autres clients sont essentiellement des clientes âgées ou des mères de famille, encombrées de paquets et de marmots geignards.

Les nuages accentuent la nuit. Je vois maintenant mon image se refléter dans la baie vitrée.

Je me lève pour payer quand la serveuse me dit :

— C'est déjà réglé ! L'homme là-bas…

Elle me désigne l'Italien. Je le remercie d'un sourire et lui tourne le dos, décidée à visiter ce rayon lingerie. J'ai toujours dans l'idée de m'offrir une bricole affriolante qui plairait à Guy. Mon petit démon me souffle : « À quoi bon ? »

Et je lui réplique : « Laisse-moi espérer ! »

L'inconnu a plié son journal et l'a rangé dans sa poche. Il est debout devant sa table et semble hésiter sur sa direction.

Il n'est pas très grand, raffiné et très séduisant. Je ralentis le pas pour l'attendre. Je prends l'escalator afin de rejoindre le rayon lingerie deux étages plus bas.

Je ne me retourne pas, persuadée de sa présence. Je me demande s'il va me suivre dans l'empire féminin des étals de culottes, soutiens-gorge et dentelles en tout genre… Beaucoup d'hommes n'osent pas y pénétrer, comme s'il s'agissait d'un sanctuaire interdit !

Je regarde des guêpières, touche la soie, caresse les tissus du bout des doigts. Ils sont une tentante promesse de douceur sur la peau.

Un corset noir lacé entre les seins d'un ruban rouge me séduit. Il n'est pas à mon goût, mais je pense à Guy. Tout ce qui a une connotation sexuelle classique, le noir, le rouge, le latex…, l'excite comme un adolescent.

Une vendeuse, moins jolie que l'autre, s'approche. Elle me propose d'essayer la pièce de lingerie. Pendant qu'elle fouille dans un tiroir pour trouver ma taille, l'Italien est appuyé à un pilier. Il a le regard braqué sur une parure blanche. Un slip brésilien et un balconnet en broderie virginale. Il me les désigne du menton.

Je les prends dans ma main et m'assure que c'est bien là son désir. Il hoche la tête, l'air satisfait.

La vendeuse trouve enfin le corset et m'indique les cabines d'essayage. C'est une série de petits box derrière le rayon lingerie formant un retrait. Un coin tranquille, loin du passage des badauds.

Je m'y dirige lentement pour que l'Italien saisisse bien où je me rends.

Sans me poser de questions, je laisse chaque instant se découvrir et me surprendre.

Une femme sort des box, bloquant le portillon. L'Italien s'y engouffre.

Je prends mon temps et le rejoins.

Les cabines de part et d'autre d'un couloir forment un angle. Je choisis celle tout au fond, invisible de l'entrée. Je ne sais pas ce que j'attends. Il est incroyable qu'il m'ait suivie jusqu'ici.

Il s'est réfugié dans une cabine et me guette par le rideau entrouvert.

J'ai l'envie puérile de le récompenser des risques qu'il prend. Je tire à demi le rideau pour qu'il puisse regarder à l'intérieur.

Chacun de mes gestes est pour lui.

Lentement, j'ôte ma veste de tailleur, dans ma tête une douce musique accompagne mes mouvements. Mon caraco de dentelle vole par-dessus mes cheveux. Je remonte doucement ma jupe et m'assois sur le tabouret de plastique. Le contact entre mes bas et ma peau nue est froid et désagréable. J'allonge mes jambes, les écarte un court instant.

Il constate ma nudité. Par un récent caprice, je me suis épilée autour du sexe, gardant une fine toison triangulaire uniquement sur le pubis.

J'ai l'impression d'entendre son cœur battre dans sa poitrine. Son regard, à travers le rideau, est figé, il n'en perd pas un instant.

Je me redresse et laisse tomber ma jupe sur le sol. Je lui tourne le dos. Mes fesses sont nues, mes jambes couvertes par mes bas noirs.

Je me contemple dans le miroir de la cabine et aperçois son image, attentive et souriante.

Entre mes jambes, le renflement de mes lèvres découvertes laisse apparaître mon clitoris.

Je me demande si de sa place il voit mon reflet dans le miroir et la pierre rouge du bijou qui brille.

Je passe le corset, la dentelle noire est froide sur ma peau. Elle m'enserre la taille, moule mes hanches, rend ma poitrine arrogante. Elle me va parfaitement. J'oublie l'Italien et je songe à Guy froissant ce délicat morceau de tissu.

Le miroir me renvoie l'image de l'homme caché dans la cabine en face. J'avance d'un pas pour qu'il me donne son avis. Il a disparu !

Désappointée, je me rhabille à la hâte sans essayer l'ensemble blanc. Je quitte la cabine et le cherche. Une vendeuse armée de cintres persuade une femme de passer une robe vraisemblablement trop petite. Je bougonne :

— Maudite matrone, tu l'as fait fuir !

Il a puérilement craint d'être surpris dans ce lieu réservé aux femmes.

Je pose le corset et l'ensemble blanc dans les mains de la vendeuse et lui annonce :

— Je reviendrai un autre jour, je suis pressée !... Sans doute demain !

Il est près de sept heures et Guy me désire peut-être...

Je quitte le magasin, traverse le boulevard et marche jusqu'à son bureau. Dans une vitrine, je me remaquille en vitesse. Je ne peux pas être en retard et l'inconnu m'a fait oublier l'heure. J'ai peur que Guy ne m'attende pas. J'accélère le pas en maudissant et en chérissant ma soumission. Je veux lui raconter ma rencontre de l'après-midi.

Une musique bien reconnaissable m'informe de la réception d'un message sur mon portable. Juste quelques mots :

— Impossible ce soir ! Je t'appelle !

Le jour suivant, je décide de retourner prendre le thé au même endroit. Pour me justifier, je me dis :

— Comme cela, j'aurai vraiment quelque chose à raconter

à Guy. Il verra la bonne volonté que je mets à rencontrer d'autres hommes !

L'image du bel Italien brun trotte dans mon esprit avec une très violente envie de le revoir.

À dix-sept heures précises, je grimpe l'escalator. Je suis absolument persuadée de le trouver à la même place derrière son journal.

Contrairement à hier, le salon de thé est presque désert. Je me souviens que la veille était un mercredi, jour des courses avec les enfants. Il a retrouvé sa tranquillité convenable sous sa lumière douce.

Je m'installe à la même table près de la baie vitrée. Le ciel roule encore d'épais nuages noirs. La pluie n'est pas loin. En face, la place est vide. J'ai le désir de m'enfuir lorsqu'il arrive.

Mon épiderme frémit de satisfaction. Il ne se dirige pas vers sa table mais directement vers moi, s'installe et appelle la serveuse d'un signe. La même petite soubrette en uniforme prend la commande.

Il attend qu'elle revienne, pose la théière fumante, les tasses et une délicate assiette de pâtisseries anglaises.

— Ce corset vous allait fort bien, mais j'ai hélas été dérangé… !

Merveille ! L'accent italien me fait fondre. Il me plonge dans un film avec Mastroianni, et la fontaine de Trevi me tend ses jets pour une douche improvisée.

— Je n'ai pas essayé l'ensemble blanc !

— Vous pourriez le passer après le thé ?

— Avec grand plaisir !

Il me regarde et éclate de rire.

— Ces mondanités sont charmantes ! Et vous êtes magnifique !

Une demi-heure plus tard nous redescendons à l'étage des sous-vêtements. Je saisis l'ensemble blanc, hésite sur une guêpière. Il s'approche et me murmure :

— Je n'aime pas trop ces outils de séduction de call-girl ! Je suis vieux jeu et la dentelle virginale m'excite beaucoup plus.

Puis il s'éloigne et feint de ne pas me connaître.

Les cabines sont vides et il se faufile sans problèmes à ma suite. Il reprend son poste d'observation. Je me glisse dans le petit ensemble et ouvre le rideau en grand pour qu'il puisse juger de l'effet.

Il me fixe. Je vois sa respiration changer. Il hoche la tête, regarde à droite puis à gauche, et certain de ne pas être vu me rejoint dans l'étroit box.

Il saisit mes seins à pleine main, les extirpe de leur dentelle et les embrasse avec fougue. Mon dos, collé au miroir, frissonne. Je ne sais pas si c'est le contact de la vitre glacée ou les caresses de cet homme.

Il nous faut être rapide, nous risquons à tout moment d'être découverts. Il prend l'initiative. S'assoit sur le tabouret, défait son pantalon et exhibe une verge bandante.

— Viens !

Il me prend par la main et je l'enjambe. Sans autre préparation, je grimpe dessus. Il pousse un gémissement de satisfaction. Les pieds calés contre la paroi, je me soulève et me laisse retomber sur sa queue. Le poids de mon corps l'enfonce chaque fois davantage. Par-dessus mon épaule, il regarde notre image dans le miroir.

Je tourne la tête. Le slip de dentelle blanche tiré sur le côté, mes fesses ouvertes, son sexe dans le mien…

Il m'agrippe les hanches et me force à redoubler d'ardeur.

Il dirige les coups et bute au fond de mon ventre. Nous jouissons rapidement, saisis de tant de plaisir mutuel. Des voix nous parviennent et nous nous séparons.

Il me retire la culotte blanche et la fourre dans sa poche :

— À demain ?

— À demain !

Ce soir, je ne pense pas à Guy ! Je cherche une idée pour le lendemain, pour renouveler l'aventure dans un autre lieu du magasin, mais je ne trouve pas.

À cinq heures ce vendredi, je piaffe devant l'escalator et déboule au salon de thé où il m'attend déjà. Il est installé à notre table, et tandis que la serveuse s'avance il lui dit :

— Nous reviendrons tout à l'heure !

Et il m'entraîne. Nous parcourons les allées du même étage que le salon de thé. C'est celui des meubles, salons et bibliothèques en tout genre.

Il a sûrement repéré les lieux car il me mène sans hésitation jusqu'à une porte réservée au personnel. Il regarde autour de lui et l'ouvre furtivement. Je suis glacée à l'idée d'un vigile hurlant à travers le magasin : « Hé, vous, là-bas ! »

Il me pousse dans un étroit couloir encombré :

— C'est le stock ! me dit-il.

Le couloir ouvre sur une pièce emplie de canapés empilés les uns sur les autres. Il se glisse derrière la rangée. Un réduit formé par les amoncellements nous accueille. Il y a sur le sol un tas de matelas. Il m'y jette, et m'enjambant il me dit :

— À moi !

Couchée sur le dos, je ne bronche pas. Il m'enserre entre ses jambes et m'arrache plutôt qu'il ne m'enlève chaque vêtement. Il me malmène et je le laisse faire. Il ne s'attarde pas sur mes dessous que j'avais pourtant choisis pour lui. Lorsque je suis nue, il pousse un soupir de satisfaction et m'ouvre les cuisses. Il va pour me lécher lorsqu'il remarque l'anneau d'or. Il se redresse et me demande :

— Qu'est ce que c'est ?

— Un cadeau !

— Un homme ?

— Oui ! C'est pour penser à lui chaque fois que…

— Je t'en offrirai un autre que tu porteras de l'autre côté ! D'accord ?

Il n'attend pas ma réponse et ses lèvres m'embrassent le clitoris, le titillent entre les dents, l'énerve jusqu'à me faire bondir. Il appuie de tout son poids sur mes bras écartés. Il me mord plus vivement, enfonce sa langue dans mon sexe. Il lâche un de mes bras et doucement remonte le long de mes fesses. Un doigt appuie doucement sur mon anus, l'estime.

Il dénude sa queue, l'appuie sur mes reins et s'enfonce de moitié. Il me fait mal car, depuis plusieurs semaines, personne n'a employé ce chemin et j'ai depuis longtemps cessé mes exercices.

Je m'ouvre le plus possible, il passe mieux, délicatement. Il m'embrasse. Sa langue dans ma bouche est douce. Soudain, d'un coup de rein, il me transperce, sa queue entière me pénètre et sa bouche sur la mienne me sert de bâillon pour assourdir mon hurlement.

Je suis heureuse de le sentir si profond en moi. Ma position, jambe relevée, lui permet de me pénétrer jusqu'à la garde. Il me dit :

— Vengo ! Vengo !

Et il jouit en moi. Son visage révulsé me procure un plaisir inouï, sa verge palpite. Chaque jet de sperme lui arrache un gémissement, il me malaxe le clitoris du pouce et enfonce quatre doigts dans mon sexe. Je suis si excitée qu'en quelques secondes je le rejoins.

Nous nous retrouvons un moment plus tard devant notre thé. Il m'explique :

— Demain je rentre à Milan !

Je ne lui réponds pas. Il n'y a rien à dire. Guy me l'a appris, il faut profiter de l'instant présent et ne pas chercher plus loin.

— J'ai déjà envie de toi ! Et je ne suis pas encore parti !

Si je pouvais lui avouer qu'entre mes jambes palpite encore son sexe, que son image a brouillé celle de Guy… mais il ne comprendrait pas et prendrait peur. Je le laisse parler :

— Je t'écris mon numéro de téléphone ! Tu m'appelleras ?

— Pour quoi faire ?

— Parce que d'une part je viens souvent à Paris, et d'autre part je vis seul dans un bel appartement et j'aimerais t'y voir te promener nue de pièce en pièce !

Il se lève et avant de partir me glisse une carte de visite.

Je le regarde s'éloigner. Il m'envoie un baiser avant d'être happé par l'escalator.

Je regarde la carte : Guido !

Je ne lui ai même pas demandé son prénom !

Le train démarre, je quitte l'article du gratuit distribué avant de monter dans le train et remarque l'homme assis devant moi. Étonnée par sa beauté fulgurante et androgyne, je le détaille comme un tableau dans une galerie : des traits fins, de longs et noirs cheveux retenus en queue-de-cheval par un nœud de velours noir, des yeux fascinants, bleu-vert comme les eaux de certaines rivières…

Je regrette : « Quel beau spécimen de l'homosexualité ! Dommage ! »

Impassible, il m'observe. Parfois il mord doucement sa lèvre inférieure et ferme un court instant les paupières comme pour savourer un grand plaisir.

Il est vraiment étrange et je ne sais quelle contenance adopter. Ce n'est ni un homme ni une femme, sans doute un être hybride tombé d'une autre planète…

Pendant plus d'une heure, il ne bronche pas, son regard braqué sur moi.

À la gare suivante, une jeune fille s'installe sur le siège contigu et mon bel inconnu se lève. Je crains un instant qu'il ne descende. Le train repart. Je me colle contre la vitre pour l'apercevoir sur le quai : personne !

J'échange quelques mots avec ma voisine, tandis que mon regard guette la porte du wagon espérant son retour.

Enfin il nous rejoint et reprend sa pose d'observateur. Son regard est indiscret, perturbant.

Excédée, avec un brin d'agressivité dans la voix, je le questionne :

— C'est une habitude d'examiner les gens comme cela ?

— Absolument pas ! me répond-il en me fixant toujours.

La fille à côté feint de lire mais, curieuse, elle nous épie.

Il farfouille dans son sac, cherche autour de lui et récupère une revue de la SNCF. Il découpe soigneusement une bande de papier vierge entre deux articles et écrit. Il me tend un premier courrier :

— Vous me plaisez !

— Je m'en suis aperçue ! je lui réplique de la même façon.

Nos genoux se frôlent sous la table et ses jambes enserrent les miennes. Je laisse tomber cette part imperceptible de poids sur lui pour signifier le plaisir que je prends au jeu.

À côté, la fille s'est plongée dans sa lecture avec un petit sourire crispé et impartial, condamnant d'avance mon attitude. J'ai envie de lui jeter : « Ma petite, tu as dix ans de moins que moi et tu es trop sérieuse. Je suis persuadée que tu te plains secrètement du désintérêt des hommes à ton égard. Dénoue tes cheveux, souris et cesse de critiquer les autres ! »

Je me tais, veillant à ne pas briser cet instant de charme irréel et troublant.

Elle descend à la gare suivante et je la regarde s'éloigner sur le quai, droite et déjà aigre.

Paris approche. Dans ses yeux, je lis le regret de la séparation. Il me tend un nouveau message : son numéro de téléphone.

Sans me vanter, combien d'hommes m'ont furtivement glissé un petit papier plié en quatre ? Je les ai tous jetés dans la poubelle la plus proche.

Celui-ci, je le serre dans ma main, me noie dans les énigmatiques yeux bleus et le fourre dans une poche secrète de mon portefeuille.

Les premiers pavillons défilent derrière la vitre. La pluie rend opaque les fenêtres du train. Les immeubles, les rues, les voitures s'imposent, la ville est maintenant présente.

Il s'accoude sur la table nous séparant. Mes mains dans les siennes toutes au désarroi et à l'émotion de la séparation. J'approche mon visage. Ses yeux, tout près, sont deux étangs dans lesquels je me noie. Il m'embrasse et sa langue dans ma bouche me fait savourer d'incomparables moments. Sa main remonte le long de ma cuisse.

Des voisins de wagon ont saisi notre stupeur et notre fougue, ils nous regardent férocement, jaloux de notre bonheur.

La voix dans les haut-parleurs annonce l'entrée en gare. Le train s'immobilise et les gens descendent dans un défilé de bagages.

Nos bouches restent mêlées. Le train est silencieux et nous nous séparons. Il disparaît dans le métro, je m'enfuis dans un taxi.

Le soir, chez Anne-Marie, je me couche tôt pour retrouver dans ma mémoire le bleu de ses yeux et la saveur de sa langue.

Je ne téléphone pas à Guy. Je me dis hypocritement : « En somme, je n'ai rien à raconter, qu'un baiser dans un train… »

Il aurait ri.

Le lendemain, je me rends en métro place de la République, il m'avait écrit, dans une de ses petites missives, habiter dans ce coin. Le numéro de téléphone dans une main, le portable dans l'autre, j'attends d'être sortie de la station pour appeler. L'escalator me porte jusque sur la place, devant la statue. Je compose le numéro mais n'ai pas le temps de finir.

Il est là ! Il me voit, se précipite et me prend dans ses bras.

— Allons chez moi !

Il vit dans un minuscule appartement, étrangement meublé de tentures, de tissus et de miroirs.

Il ôte son long manteau de cuir. Il est si précieusement vêtu que j'ai envie de le poser sur une étagère et de le contempler.

Un homme, mais je n'en suis pas sûre. Je crains de le briser tant il me paraît fragile. Je pense à Guy et à sa convoitise devant Bernard. Il se liquéfierait de désir devant ce personnage sorti d'une bande dessinée. Je ne connais même pas son prénom.

— Hugo ! M'apprend-il.

Hugo me déshabille avec des gestes légers et suaves. Il me masse un poignet, ôte mon chemisier, caresse une épaule, embrasse mes jambes.

Il me pose au milieu de la pièce, vêtue de mon soutien-gorge et de mes bas.

Je respecte le souhait de Guy de ne pas porter de culotte surtout lorsque je suis à Paris. À chaque instant, je m'attends à le voir émerger d'une colonne Maurice. Même dans cet appartement, je me demande s'il n'a pas tout manigancé et s'il ne se cache pas derrière une tenture. Je ne le décevrai pas en arborant même le plus minuscule des strings.

Hugo n'est pas bavard. Il me contemple, penche la tête, cadre avec ses mains comme pour prendre une photo. Il recule, recommence, dispose sur mon épaule un voile dégringolant jusqu'aux pieds, m'enveloppe dedans. Je me demande un instant s'il a l'intention de créer un vêtement, s'il est styliste…

Je le laisse me manier, souple et docile.

« Pour une fois que je tombe sur un être différent... », me dis-je.

Il s'agenouille devant moi et enroule mes bas jusqu'aux chevilles. Il me mordille un genou et sa langue remonte le long de mes cuisses, s'arrête à l'orée de mon sexe.

Je suis immobile, parcourue de frissons.

La main sur mes fesses, il me pivote doucement pour me placer face à un immense et vieux miroir posé sur le sol.

— Tu es belle !

Il allume quelques chandelles rouges et je réalise avec effroi que je ne le connais absolument pas. Guy m'a montré sur internet des sites sadomaso, des pratiques inconnues que je ne suis pas prête à aborder.

Je jette un coup d'œil sur mes vêtements en tas, sur la porte et la distance à franchir pour l'atteindre en cas de panique...

Il embrase de l'encens et revient près de moi. Je n'ai pas bougé d'un centimètre et cela semble le satisfaire.

Il glisse sa main entre mes cuisses et regarde l'effet dans le miroir. Ses doigts buttent contre le bijou. Il ferme les yeux et subtilement le contourne comme pour en apprendre la forme.

Ses gestes sont si calmes et attentifs que la curiosité et la confiance l'emportent.

Près du grand miroir, un futon est étendu sur un tapis. Il me courbe jusqu'à ce que mon dos touche le matelas et délicatement m'y allonge.

Une bougie dans la main, il m'écarte les cuisses pour voir l'anneau d'or qui l'intrigue. Je sens la chaleur de la flamme sur mon sexe. J'ai un instant de frayeur. Il m'examine, suit mes lèvres de ses doigts fins.

— C'est très beau !

Il remonte la bougie rouge à la hauteur des yeux, me contemple comme s'il réfléchissait à l'usage à faire d'une femme.

— Enlève ton soutien-gorge, m'enjoint-il.

Une fois totalement nue, il m'étend sur le ventre. Il fait couler quelques gouttes de cire sur mes fesses. Je me raidis et retiens mon souffle. Il parsème ma colonne vertébrale de gouttelettes rouges. Je ne ressens leur chaleur qu'une fraction de seconde. Curieusement, c'est agréable et je désire qu'il continue. Je me tourne et lui présente ma poitrine. Depuis que Guy m'en a fait prendre conscience et l'a tenaillée, pincée et mordue, elle est devenue une des parties les plus sensibles de mon corps. La pointe de mes seins, grossie, durcie et maintenant visible à travers tous mes vêtements, est en perpétuelle érection.

— Non, cela pourrait te marquer !

Il pose la bougie et du plat de la main caresse un de mes mamelons. Il le happe, le suce et le mordille. Dieu que j'aime ça !

L'air alourdi d'encens, la fumée des bougies, les tentures, tout contribue à créer une étrange ambiance.

Je déboutonne la chemise d'Hugo, son buste est imberbe, son ventre plat et musclé. Son ceinturon résiste, il m'aide d'une main.

Il est nu près de moi et ne bande pas. Il s'assoit en tailleur, son sexe recroquevillé entre ses jambes, et m'observe en se masturbant.

Je m'approche pour l'aider mais il me murmure :

— Non ! Laisse ! Écarte les cuisses que je contemple ton anneau d'or.

Son regard bleu se perd dans mon sexe. Il est silencieux, je ne bouge pas.

La queue durcie, il se couche sur moi et me pénètre. Il est délicat, trop petit, je ne le sens pas en moi. Il se retire, reprend ses gestes solitaires.

Je suis désemparée. Je pense à Laure et au moyen trouvé pour agacer la verge de son locataire. Je n'ai pas cette envie, j'attends.

Hugo se lève et va ouvrir le tiroir d'une commode. Il rapporte une longue boîte en carton. Et, à l'intérieur d'un sachet de tissu, exhibe un énorme godemiché muni d'une ceinture de cuir. L'objet est un fantasme d'homme démuni. Plus long qu'une queue normale, large comme mon poignet.

Il attache la ceinture autour de sa taille, me soulève les jambes à la verticale. J'ai encore le temps d'apercevoir sa silhouette dans le miroir. Il bande d'un sexe en plastique démesuré et au-dessous sa propre verge s'élance aussi, beaucoup plus modeste.

Hugo appuie l'objet sur mon sexe, écarte les lèvres et, tandis qu'il me pénètre, il crache dans sa main, me caresse l'anus et aide sa queue à s'immiscer.

Mon ventre souffre de cet énorme membre, il se dilate, se lubrifie pour laisser la place. Mon anus ravi de la modestie de cette verge s'ouvre aussi de plaisir. Prise des deux côtés, les jambes dressées, je tortille le bassin pour aller plus loin.

Je crois que j'aime la douleur ! Je demande à Hugo :

— Mords-moi les seins !

Il prend un téton dans sa bouche et croque dedans brutalement. Je pousse un cri et mes jambes s'entourent autour de lui pour remonter et m'ouvrir jusqu'au plus profond de mes entrailles. Je jouis aussitôt. Hugo, ses deux lacs bleus au-dessus de moi, se tord en une grimace.

Il se retire de mes reins. Seule la queue de plastique infatigable ne débande pas. Il défait la ceinture et la dégage de mon sexe.

Nu, il déambule dans la pièce, met un CD de musique aussi étrange que lui. Je reste allongée face au miroir. Sur le drap blanc, une tache de sperme s'agrandit, auréolée de sang. La trace d'une morsure orne mon sein gauche.

J'ai eu du plaisir mais l'ambiguïté de la situation me tourmente. Je ne retournerai pas chez Hugo.

Le soir, je retrouve Guy à son bureau. Il y a des mois que cela n'est pas arrivé. Je l'ai appelé et comme il ne comprenait rien à mon histoire il m'a dit :

— Passe me voir, tu m'expliqueras, j'ai l'impression que cela en vaut la peine !

Pendant mon récit, je surprends ses yeux brillants d'excitation. Il me pose de nombreuses questions sur l'appartement, les objets, l'ambiance. Il ferme les paupières et essaie d'imaginer les lieux :

— Continue !

Je suis debout devant lui. Il s'est installé dans le canapé de cuir, les pieds sur l'accoudoir. Je me concentre sur chaque détail, cherche les mots pour lui plaire. À la fin de mon récit il m'avoue :

— Très troublant tout ça ! Je suis fier de mon élève !

Puis il tapote le canapé à côté de lui. Je m'assois, cuisses serrées, fesses nues. Le contact du cuir me rappelle des souvenirs. Un frisson me parcourt le dos. Guy soulève ma jupe, m'ouvre les cuisses et satisfait m'ordonne :

— Tu garderas toujours ton bijou !

— Bien sûr !

— Maintenant que tu sais tirer le meilleur parti de la vie,

que tu ne te prives plus de ton corps, j'ai de nouveau envie de toi !

Il m'attire contre lui, ma jupe remontée laisse mon sexe nu et incongru sur le sombre de son costume. D'une main il défait sa ceinture et exhibe sa verge bandante. Il me plaque contre lui et me pénètre directement. Mon sexe déjà irrité par le godemiché d'Hugo est douloureux. Je le lui avoue et cela le contrarie :

— Si je ne peux pas te toucher !

— Il était trop gros !

— Plus que moi ?

— Bien sûr ! C'était un faux, un fantasme de plastique !

Guy est vexé par la comparaison. Il prend sa verge dans sa main et la contemple songeur. Il s'assoit sur le bord du canapé et me demande de m'accroupir devant lui.

Il attrape ma tête par les cheveux et s'enfonce dans ma gorge. Je tousse, les larmes me viennent aux yeux. Violemment il continue, me maintient la tête en arrière pour aller plus profond.

Il éjacule très vite et ma bouche s'emplit de son sperme. Il m'étouffe, je suffoque et il se retire. Salie de sperme et de larmes je m'effondre au pied du canapé.

Déjà il se rhabille :

— Passe dans les toilettes te nettoyer !

Il m'attend pour fermer à clef la porte du bureau et s'en aller.

De retour chez Anne-Marie, je me couche sans manger. Je suis à la fois triste et révoltée. J'ai envie de l'appeler pour lui signifier ma colère. Puis je repense à la situation : Il avait envie de moi et je l'ai repoussé. Curieusement je ne ressens aucune culpabilité mais presque de la satisfaction.

Pour la première fois, je comprends que j'ai la possibilité de faire jouir des hommes mais également de décider.

La colère de Guy et la souffrance qu'il a voulu m'infliger sont le résultat de mon apprentissage. L'élève s'est envolée plus loin que le désir du maître.

Je ne sais pas si je retrouverai Guy, mais je garderai toujours ce bijou d'or qu'il m'a cruellement apposé en signe d'appartenance et qui, en fait, se révèle un emblème de libération.

Collection
Le Mercure galant

Jacques Abeille, *Belle humeur en la demeure.*
Anonyme, *Correspondance érotique.*
Anonyme, *Joséphine Mutzenbacher, histoire d'une jeune fille de Vienne.*
Franz Bartelt, *Simple.*
Michel Bernard, *Olympe aux nues.*
Pierre Bernard, *Alcide.*
Margaret von Falkenzee, *Les Nuits de l'Ange bleu.*
Michel Garcin, *Lettres fort inconvenantes de deux libertins.*
Laure Hilerin, *Le tiroir indiscret.*
Georges Kornheiser, *Les souvenirs galants du marquis de V...*
Mayra Montero, *Pourpre profond.*
Pierre Morlaix, *La Mare aux diables.*
Patrick Mac Murphy, *Mémoires d'un adolescent clandestin. Les Jours et les Nuits de Migumi.*
Clarisse Nicoïdski, *Le pot de miel.*
Chiara della Nociolla, *L'amour à Venise.*
Alain Nueil, *La mille et deuxième nuit.*
José Pierre, *Les barreaux du cœur.*
Cécile Philippe, *Don Juan, père et fils.*
Hugues Rebell, *Femmes châtiées.*
Jacques Serguine, *L'été des jeunes filles.*
Franco Sparafucile, *La Maison d'Amour.*
Anne-Marie Villefranche, *Joie d'amours. Plaisirs d'amours. L'Amour, toujours l'amour.*
Philippe Warn, *Les Fêtes de Noëlle.*
Lucie Wu, *Histoire de Qu.*

Achevé d'imprimer
par l'Imprimerie Floch
à Mayenne, le 19 avril 2007.
Dépôt légal : avril 2007.
Numéro d'imprimeur : 67835.

ISBN 978-2-7152-2786-6/Imprimé en France.

149853